中國語言文字研究輯刊

十 三 編

許 錟 輝 主編

第 9 冊

李思明語言學論集（上）

李 思 明 著

花木蘭文化事業有限公司

國家圖書館出版品預行編目資料

李思明語言學論集（上）／李思明 著 -- 初版 -- 新北市：花
木蘭文化事業有限公司，2017〔民 106〕
序 6+ 目 2+186 面；21×29.7 公分
（中國語言文字研究輯刊 十三編；第 9 冊）
ISBN 978-986-485-234-5（精裝）
1. 漢語 2. 語言學 3. 文集
802.08   106014702

中國語言文字研究輯刊
十三編　　第 九 冊　　　　ISBN：978-986-485-234-5

李思明語言學論集（上）

著　　者	李思明
主　　編	許錟輝
總 編 輯	杜潔祥
副總編輯	楊嘉樂
編　　輯	許郁翎、王　筑　美術編輯　陳逸婷
出　　版	花木蘭文化事業有限公司
社　　長	高小娟
聯絡地址	235 新北市中和區中安街七二號十三樓
	電話：02-2923-1455／傳眞：02-2923-1452
網　　址	http://www.huamulan.tw 信箱 hml810518@gmail.com
印　　刷	普羅文化出版廣告事業
初　　版	2017 年 9 月
全書字數	301892 字
定　　價	十三編 11 冊（精裝）　台幣 28,000 元

李思明語言學論集（上）

李思明 著

作者簡介

李思明先生 1934 年出生，湖南醴陵人，1952 年就讀於湖南長沙銀行學校，1953 年畢業，奉命任職於哈爾濱中國人民銀行，1955 年考入北京大學俄語系，其後受到中蘇（俄）交惡的影響，1956 年轉入北京大學中文系，1961 年畢業，至安慶師範專科學校從事教學，1964 年該校停辦，遂轉入安徽省望江中學任教。1979 年奉調至安慶師範學院（現在是安慶師範大學）從事語言學研究與教學。教學之餘，李思明主要從事古白話（近代漢語）的語法研究以及安慶方言研究，2009 年因病去世。

提　要

　　論集收錄李思明先生近代漢語語法、現代漢語詞彙和安慶方言研究的論文。

　　關於近代漢語語法研究。本集所討論集中在《祖堂集》《敦煌變文集》《五燈會元》《朱子語類》《水滸傳》《金瓶梅》等作品的虛詞和語法，這些作品屬於古白話，現在學術界稱之爲近代漢語，與傳統的文言文有別。相關的論文可分爲兩類，一類是個案通論研究，一類是個案專書研究，前者是研究若干作品中的虛詞或句法，後者則是研究某一作品中的虛詞或句法，無論是前者，抑或是後者，論文均建立在用例的數量統計之上，輔之以細密的分析，言之成理，釐清了語法史上的諸多細節，有關結論可補充已有論述，推進漢語語法研究。

　　關於現代漢語詞彙研究。論集收錄李思明先生與其大學同學合撰之趙樹理作品語言風格的論文，是第一篇從語言角度研究趙樹理作品的論文，也是李思明先生啼聲初試之作。雖然李思明先生以後不再研究作家的語言風格，但是其綿密的文風於此已見。

　　周祖謨先生發現漢語同義並列詞語大多按照平仄順序排列，李思明先生的論文考察了影響這種排序的多種因素，對於周祖謨的論文是很好的補充，有益於瞭解漢語同義並列詞語。

　　安慶方言是江淮方言的重要分支，長期以來只有零星研究，李思明先生是系統研究安慶方言詞彙和語言第一人，塡補了漢語方言研究的空白。

序

蔣紹愚

　　李思明先生是安慶師範學院教授，畢生致力於漢語語言學的教學與研究，撰寫了多篇論文，在國內外的刊物上發表。2009 年因病去世。現在，闞緒良教授把他的一些重要論文加以彙集出版，並讓我爲之作序。

　　李思明是我的學長，他是 1956 年考入北京大學中文系的，比我早一屆。但在大學期間，我們彼此不認識。以後接觸也很少，大概是在一些學術會議上見過一兩次。我認識這位學長，主要是通過他的論文。我看過他在《中國語文》、《語言研究》、《古漢語研究》等刊物上發表的一些關於近代漢語語法的論文，覺得這些論文寫得很紮實，全面掌握了有關材料，分析得很深入，得出的結論堅實可靠而又富於新意，讀後很有收穫。他的《通過語言比較來看〈古本水滸傳〉的作者》一文（《文學遺產》1987 年第 5 期），把語言研究的成果運用到作品的鑒別上，用無可辯駁的證據來證明《古本水滸傳》的後五十回並非施耐庵續作，而是後人僞作。這篇文章，我把它作爲用語言標準給作品斷代的成功例證，在我的《近代漢語研究概要》一書中加以引用。這算是我和這位學長的文字之交吧。

　　現在我看了《李思明語言學論文集》，對他有了更全面的瞭解。他是一位很勤奮的學者，寫的論文不少。論文集中所收的大部分是近代漢語語法研究的論文，他對近代漢語時期一些重要的作品，如敦煌變文、《祖堂集》、《水滸傳》、

《金瓶梅》等，都從語法的角度作了系統的專題研究（有一些是和日本學者植田均合作的），都很有學術價值。論文集中還有一部分是安慶方言研究，這個方言，以前研究的人不多，李思明先生的研究是有開創性的。這些論文原來發表於不同的刊物，還有一些發表於日本的刊物，讀者不容易看到。現在匯成一集，讓更多的讀者可以看到這些論文，使這位學者畢生辛勤耕耘的成果能更好地發揮作用，這無疑是一件好事，也是對這位學者最好的紀念。所以，我寫了這篇短文，作爲這本書集的序，也藉此表達我對這位學長的懷念。

蔣紹愚

2010 年 10 月

序

植田均

　　李思明教授是我在 1988 年來華參加由深圳大學中文系主辦的第三屆全國近代漢語研討會上認識的。我當時發表的一連串論文都是有關《水滸傳》語言研究的，正好與李思明教授的研究方向不謀而合，因此彼此間有興趣相投、相見恨晚之感。有關此次學術會議的詳細內容在日本東方書店刊行的《東方》第 94 期上有過相關報導。

　　據我所瞭解，李思明教授在世時一直在近代漢語教學崗位上勤奮工作，孜孜不倦地從事教學和研究。此次爲紀念李思明教授出版的《語言學論文集》能夠問世，眞是一件值得欣慰的事情。闞緒良教授特意讓我寫序，我深感才疏學淺，力不從心之餘，也感到萬分的榮幸。

　　回顧與李思明教授的交往，還得談到 1988 年在深圳大學由中文系主辦的第三屆全國近代漢語研討會。通過那次研討會，我感知日中兩國的學術交流尚無起步，故此，會議結束的當天，我便與李思明教授商談，將日本國內有關近代漢語的主要著書陸續翻譯成漢語介紹給中國的讀者。李思明教授欣然同意了我的想法。因爲，此年的前一年（1987 年）太田辰夫博士所著的《中國語歷史文法》《漢語史通考》漢譯本已由北大蔣紹愚教授、北京中國社科院語言研究所前所長江藍生研究員等翻譯出版，所以，我草擬了一個計劃，初步先將香阪順一先生的《水滸詞匯研究》（東京光生館，1983 年刊）譯成漢語在中國出版。

此後，我便回日本，在徵得香阪順一先生本人的許可後便立即著手翻譯。香阪先生還熱情地將北京文津出版社（據說此出版社是北京出版社的一個古典部門單位）介紹給了我們。

從此我每日翻譯，達到一定的份量後便郵寄給安徽省安慶市的李思明教授。當時電腦還沒有今天這麼普及，全都是手寫的稿子。為了方便讀者理解研究思路，我在翻譯時，在香阪先生的原著上作了部分的修改和省略。李思明教授真不愧是《水滸傳》語言的研究專家，我並不多作解釋，他都懂得了，並對我的譯稿進行了非常認真細緻的校訂，還不到一年的工夫就全部校訂好了。想來，要不是李思明教授，就沒有現在這麼完好的譯本了，它比原著讀起來還要通順達意，令作為譯作者的我倍感驕傲。1992 年 2 月《水滸詞匯研究（虛詞部分）》終於在北京文津出版社出版了。這是我與李思明教授的第一次合作。

此後兩年，我收到了西安陝西師範大學中文系第四屆全國近代漢語研討會的參會邀請。故此，我又能有機會與李思明教授晤談了（此學術會議的詳細報導見日本東方書店刊行《東方》第 118 期）。席間第一次認識了闞緒良教授。此次會議後，我建議把李思明教授的《水滸傳》語言研究與我本人《金瓶梅詞話》語言研究結合起來，探尋其中的差異與共通點，此一建議得到了李教授的應允。這樣便開始了我們在近代漢語科研工作上的第二次合作。

其間，李思明教授也將他多年精心研究的成果，匯聚成專題論文的形式陸續在日本的《中國語研究》（白帝社）、《中國語學研究》（好文出版）、《產業與經濟》人文特輯號（奈良產業大學經濟學會）雜誌上發表，這些專題論文也收入論文集中。

李思明教授為人謙虛，從來沒向我提過什麼要求。唯一一次是他想通過我要一本《祖堂集》的影印本。那時在中國尚沒有《祖堂集》的影印本。於是，我立即把日本京都中文出版社出版的書本寄給了李思明教授，據他說，之前用作研究的資料都是鉛印本。而唐五代宋元明清等近代漢語的語言研究應該儘量用善本，即應該使用能反映當時語言的資料進行研究。李思明教授用此影印本所做的相關研究，其成果也將收入論文集中。

此後一段時間，因為我全身心投入到另一部作品《醒世姻緣傳》語言的研究中，故漸漸地與李思明教授的交往就少了。雖然如此，每每還念及李思明教

授。現在聽到李教授的訃報,悲痛之情真是難以言表!

　特以此序寄託我對李思明教授的哀思以及表達我對他的永遠懷念!

日本國奈良產業大學國際交流中心所長

商務學院教授

2011 年 10 月 4 日

目次

前　言

《李思明語言學論集》是李思明先生關於近代漢語（古白話）、現代漢語研究論文的結集。

一

李思明先生（1934～2009），湖南醴陵人，1952 年就讀於湖南長沙銀行學校，1953 年畢業，奉命任職於哈爾濱中國人民銀行，因爲不適應東北水土，1955年考入北京大學俄語系，其後受到中蘇（俄）交惡的影響，1956 年轉入北京大學中文系，1961 年畢業，至安慶師範專科學校從事教學，1964 年該校停辦，遂轉入安徽省望江中學任教。1979 年奉調至安慶師範學院（現在是安慶師範大學）從事語言學研究與教學，直至辭世。

1959 年李思明先生就與同學合作，撰寫了《試論趙樹理作品的語言風格》，此爲他從事語言學研究的第一篇論文，體現出了他的學識，儘管此文帶有強烈的時代印記。依照常理，如果人生順遂，假以時日，他會繼續從事研究並寫作論文，很遺憾，由於政治運動的干擾和資料的不易得，他的學術研究被迫中止，直到 1979 年他奉調至安慶師範學校中文系，才重操舊業，從此筆耕不輟，撰寫了有關近代漢語、現代漢語（主要是語法）的論文 54 篇，《論集》收錄了 45篇，其餘 9 篇是與日本學者植田均合作，用日文寫就，因爲無法找到合適的人手輸入，而且植田均先生已把這 9 篇文章結集在日本出版，故不予收錄。爲了

讀者的查檢需要，先把這 9 篇文章的目錄列在下面。

1、《水滸傳》與《金瓶梅詞話》的語言——名詞的詞頭和詞尾（與植田均合作，載日本《中國語學研究》第七卷，1990 年）。

2、《水滸傳》與《金瓶梅詞話》的語言——形容詞重疊標記法（與植田均合作，載日本《中國語學研究》第 34 號，1992 年）。

3、《水滸傳》與《金瓶梅詞話》的語言——名量詞、動量詞（與植田均合作，載日本《奈良產業大學紀要》第 8 集，1992 年）。

4、《水滸傳》與《金瓶梅詞話》的語言——動詞的形態和變化形式（與植田均合作，載日本《奈良產業大學紀要》第 9 集，1993 年）。

5、《水滸傳》與《金瓶梅詞話》的數量表現（上）（與植田均合作，載日本奈良產業大學《產業與經濟》第 7 卷第 5 號，1993 年）。

6、《水滸傳》與《金瓶梅詞話》的數量表現（下）（與植田均合作，載日本奈良產業大學《產業與經濟》第 8 卷第 5 號，1994 年）。

7、《水滸傳》與《金瓶梅詞話》的語言——助動詞（上）（與植田均合作，載日本《奈良產業大學經濟學部創立十週年紀念論文集》1994 年）。

8、《水滸傳》與《金瓶梅詞話》的語言——助動詞（下）（與植田均合作，載日本《奈良產業大學紀要》第 10 集，1994 年）。

9、《水滸傳》與《金瓶梅詞話》的語言——構造助詞（與植田均合作，載日本《奈良產業大學紀要》第 11 集，1995 年）。

除了近代漢語、現代漢語語法以外，李思明先生還從事安慶方言研究，安慶方言以前沒有人作系統的研究，李思明先生是第一個全面研究該方言的人，《安慶市志》（方言出版社，1997 年）中的方言部分即由他負責。由於他在安慶方言研究方面的造詣，「國家語言文字工作委員會」委託他調查安慶方言基本詞彙，他的調查和研究被收入《普通話基礎方言詞彙》（語文出版社，1996 年），該書獲得第三屆國家圖書獎、第二屆國家辭書獎一等獎。

李思明先生還審定了日本學者香阪順一《水滸詞彙研究（虛詞部分）》的漢譯本，植田均先生稱讚經李思明加工潤色後的譯本比日文原著還要通暢達意（見植田均爲《論集》所作序言），只是李思明先生的勞績不是以論文的形式呈現，故不能收入《論集》。要之，《論集》反映了李思明先生的學術成就。

二

《李思明語言學論集》不僅反映了李思明先生的治學成績，也是二十世紀八十年代以來大陸漢語學界研究趨勢的體現。長期以來，大陸學術界把漢語分爲古代漢語（文言文）和現代漢語兩部分，進入二十世紀八十年代，這種局面有了改觀，學術界開始關注魏晉南北朝至明清時期的漢語，學者們致力於此，撰寫了有影響的論文和著作，舉其大者有周一良《魏晉南北朝史札記》、蔣禮鴻《敦煌變文字義通釋》、張相《詩詞曲語辭彙釋》等，由於他們的努力，現在越來越多的人接受把漢語分爲古代漢語、中古漢語、近代漢語（「現代漢語」是近代漢語的內部分支）三個階段的結論，李思明先生的《論集》大體上是在近代漢語（主要是語法）範圍內。

王力《漢語史稿》問世以來，一直被語言學界奉爲圭臬，其觀點與方法對語言學界產生了深遠的影響，李思明先生畢業於北京大學中文系，曾親聆王力先生教誨，受其影響，自是題中應有之義。比如，關於表示處置的「將」字句，王力先生就說過「就處置來說，在較早時期將字用的較多。」在其附注中又說「就工具語來說也是如此。」（《漢語史稿》，中華書局，1980 年，第 477 頁）《論集》所收《〈朱子語類〉中的「將（把）」字句》統計了《朱子語類》中出現的「將（把）」字句的次數，從表處置和表工具切入，並且和唐代禪宗語錄《祖堂集》中的「將」「把」字句作對比，得出了以下結論：一，「將（把）」從動詞虛化爲介詞的過程，《朱子語類》已基本完成。二，介詞「將」「把」的使用，唐宋以「將」爲主，以「把」爲次，宋以後朝著相反的方向發展。三，《祖堂集》中「將」和「把」用於表處置和表工具數量大致相當，《朱子語類》呈現表處置多於表工具的格局。四，《朱子語類》中「將」和「把」處置式的各種成分，特別是動詞的前附成分和後附成分豐富多樣，比《祖堂集》前進了一大步，這些結論都是建基於豐富的語言材料和細密的分析之上，和《漢語史稿》相比，其結論深入細緻。

美國梅祖麟先生研究漢語史，卓有建樹，他撰寫《從漢語史看幾種元雜劇賓白的寫作時期》（此文後收入《梅祖麟語言學論文集》）討論了關漢卿《竇娥冤》《救風塵》中的賓白是否爲關漢卿所作的問題，他通過考察四組詞作爲判定的標準，其中就有「便」與「就」。梅先生認爲，作爲近代漢語的時間副詞，「便」

出現得早,「就」出現得晚。對於梅先生的這個結論,李思明先生《〈水滸全傳〉中的虛詞「便」與「就」》統計了《水滸全傳》中「便」與「就」出現的頻率,結果是「便」出現 3439 次,「就」出現 347 次,證實了梅先生的結論,李思明先生進一步指出,「便」與「就」的關係不是書面語和口語的關係,也不是通語和方言的關係,而是產生時間先後的關係,「便」出現早,「就」出現晚,《水滸全傳》以後的作品用得越來越多,到了現代漢語,終於取代了「便」,這個結論對梅文也是有益的補充。

選擇問句式漢語疑問句的主要形式之一,王力先生《漢語史稿》只是在「語氣詞的發展」等有關章節提及,沒有立專門的章節對這個句式做全面系統的討論,有之,則自梅祖麟《現代漢語選擇問句的來源》始(《中央研究院歷史語言研究所集刊》第 49 本第 1 分,1978 年),梅文旁徵博引,論證了現代漢語選擇問句法的來源,是此一領域的扛鼎之作。李思明先生《從變文、元雜劇、〈水滸〉、〈紅樓夢〉看選擇問句的發展》、《水滸全傳》中的選擇問句與梅文的某些結論有暗合之處,這不是李思明抄襲,要知道,由於兩岸隔絕,李思明先生不可能獲知梅文的存在。儘管如此,李思明先生的兩篇文章仍有其價值。

除了近代漢語語法研究之外,李思明先生也涉及到詞彙研究。關於量詞,《漢語史稿》立專章對量詞的源流做了充分的討論,由於體制上的限制,王力先生不可能對歷史上每個時期的量詞都做研究,因此不免有所漏略,劉世儒有《魏晉南北朝量詞研究》即是因此而做,李思明先生《〈敦煌變文集〉中的量詞》又是繼劉世儒先生之後的補充,與臺灣學者洪藝芳女士《敦煌吐魯番文書中之量詞研究》(文津出版社,2000 年)合觀,我們對唐代漢語的量詞面貌有了一個全面的瞭解。

關於漢語並列雙音節詞的內部次序,余嘉錫先生在注釋《世說新語·排調》第 12 條「王葛」「葛王」之爭說:「凡以二名同言者,如其字平仄不同,而非有一定之先後如夏商、孔顏之類,則必以平聲居先,仄聲居後,此乃順乎聲音之自然,在未有四聲之前,固已如此,故言王葛,不言葛王,本不以先後為勝負也。」其婿周祖謨先生 1984 年以《漢語駢列的詞語與四聲》為題在日本京都大學發表演講,對余嘉錫先生的結論作了引申:「在漢語裡兩個詞並舉合稱的時候,兩個詞的先後順序,除了同是一個聲調以外,一般是按照平仄四聲為序,

平聲字在前，仄聲字在後，如果同是仄聲，則以上去入爲序。」臺灣學者丁邦新先生《國語中雙音節並列成分間的聲調關係》《論語孟子及諸經中並列成分間的聲調關係》（二文均載《中央研究院歷史語言所集刊》）、竺家甯先生《西晉佛經並列詞之內部次序與聲調的關係》（《中正中文學術年刊》創刊號，1997 年）從不同的角度證成了余嘉錫的觀點，李思明先生《中古漢語並列合成詞中決定詞素次序諸因素考察》使用《朱子語類》對這個問題做了研究，他不僅從語音角度考察，還從意義、習慣等角度入手，讓人耳目一新。

　　限於篇幅，本文勢不能對《論集》所收論文一一點評，要之，《論集》無論是專題研究抑或是通論，均持之有故，言之有理，材料豐富，分析細密，深化或補充了已有的有關結論，是近現代漢語語法研究的重要參照，本人相信，專業讀者必能從《論集》中有所取資，它的出版必將推進兩岸近現代漢語語法的研究深入。

關緒良

從《水滸全傳》、《紅樓夢》、《家》看「與」字的發展

　　「與」字在古代漢語中是一個相當活躍的詞，出現頻率高，用法也多；而在現代漢語中，它的出現頻率極低，用法很少。「與」字在近代漢語中的情況怎樣？它又是怎樣發展、變化的？研究它，對瞭解漢語發展的歷史和規律，不是沒有意義的。

　　本文選擇三部較有影響的小說的語言材料來考察上述問題，它們是《水滸全傳》（以下簡稱《水》，成書於十四世紀），《紅樓夢》（以下簡稱《紅》，成書於十八世紀）和巴金的《家》（成書於二十世紀），我們認爲，「與」字由近代漢語向現代漢語發展變化的情況，在這三部書中雖然不能得到全面的反映，但也能得到基本的反映。

　　文中的一些數字取於《水滸全傳》上卷（以下簡稱《水·上》。上海人民出版社，1975 年版。計 340000 字）、《紅樓夢》第二卷（以下簡稱《紅·二》，人民文學出版社，1972 年版。計 290000 字）和《家》（人民文學出版社，1980 年版。計 290000 字）。之所以祇在《水》和《紅》中各選一卷，是爲了求三書篇幅大致相當，便於比較。

使用情況

「與」字的三大用途是動詞、連詞和介詞；動詞比較簡單，連詞其次，介詞比較複雜。

1.1 動詞「與」。動詞「與」表示「使對方得到」，它基本上祇出現在《水》中。

> 林沖道：「我多與你些錢，央你覓隻船來，渡我過去。」（《水》131 頁）

> > ——「與」·間賓·直賓

> 早晚都監相公，不住地喚武松進後堂與酒與肉；放他穿房入戶，把做親人一般看待，……（《水》361 頁）

> > ——「與」·直賓

> 牛二道：「我要這口刀。」楊志道：「我不與你！」（《水》143 頁）

> > ——「與」·間賓

> 他那個女兒，就與了本處一個財主趙員外。（《水》71 頁）

> > ——主語（受事）·「與」

在《紅》中，祇有極個別地方用了「與」。

> 鳳姐便奉與賈母，二次的便與寶玉。（《紅》458～459 頁）

凡表示「使對方得到」的幾乎都用「給」。

> 探春道：「給他二十兩銀子，把這賬留下我們細看。」（《紅》693 頁）

在《家》中，再也沒有用「與」，全部用「給」。

這可以說明：作為動詞的「與」，在《水》中還被完整地保存著，在《紅》中已經基本消失，而在《家》中則全部被「給」代替。

1.2 連詞「與」。連詞「與」起連接幾個並列的名詞或詞組的作用。三書中，使用連詞「與」有兩點值得提出：

其一，《水·上》和《紅·二》中的「與」以連接人為主（《水·上》占 77%、《紅·二》占 95%），以連接事物為次（《水·上》占 23%、《紅·二》占 5%）。

如《水·上》中就有「趙員外與魯提轄」、「魯智深與史進」、「黃信與劉青」等；《紅·二》中有「寶玉與黛玉」、「李紈與鳳姐」、「趙姨娘與賈環」等。

《家》中的「與」則以連接事物爲主（91%），連接人爲次（9%）。連接事物的主要是表心理活動或抽象概念的詞，如「黑暗與政治」、「輕視與侮辱」、「得意與熱愛」等。

其二，「與」字以連接兩項爲主，連接兩項以上的極少，三書均不超過五例。連接兩項以上的，《水·上》、《紅·二》中的「與」放在兩大方之間，《家》中的「與」則放在最後兩項之間。如：

> 還有那管塔的塔頭，管飯的飯頭，管茶的茶頭，與這管菜的菜
> 頭。（《水》83 頁）

以「塔頭」「飯頭」「茶頭」爲一方，以「菜頭」爲另一方，分別冠以「那」和「這」。

> 那時趙姨娘推病，祇有周姨娘與那老婆丫頭們忙著打簾子、立
> 靠背、鋪褥子。（《紅》420 頁）

以地位稍低的「周姨娘」爲一方，以地位很低的「老婆丫頭們」並爲另一方，後者並冠以「那」字。

> 它們祇是感激、希望與愛的表示。（《家》47 頁）

三項並列，未分兩方。

三書中，起「連接幾個並列的名詞或詞組」作用的連詞，除「與」外，還有「和」、「並」、「同」、「及」（「以及」）、「合」等（以「和」爲主）。「與」在這類連詞中的地位如下表：

	「與」	「和」	「並」	「同」	「及」（「以及」）	「合」	
《水·上》	10%	42%	47%	1%			100%
《紅·二》	10%	59%	22%		8%	1%	100%
《家》	5%	88%		5%	2%		100%

從上表可以看出：「與」在同類連詞中的比例很小，並且越來越小，逐漸地主要由口語化的「和」取代。

1.3 介詞「與」。介詞「與」有下面幾個主要用法。

1.3.1 引進交付、傳遞等動作的接受者。主要格式有：

1、「『與』……動」

> 天漢州橋下眾人，爲是楊志除了街上害人之物，都斂些盤纏，湊些銀兩，與來他送飯。（《水》144頁）

> 我明日家去，和媽媽說了，祇怕燕窩我們家裡還有，與你送幾兩。（《紅》554頁）

2、「動·『與』……」

> 劉唐把刀遞與宋江，……（《水》440頁）

> 黛玉聽說，回手向書架上把個玻璃繡球燈拿下來，命點一枝水臘心來，遞與寶玉，……（《紅》556頁）

3、「動……『與』……」

> 又送十來兩銀與武松，……（《水》340頁）

> 鴛鴦見賈母的牌已十成，祇等一張二餅，便遞了暗號與風姐兒。（《紅》575頁）

在《紅·二》中，除用「與」外，同時還用起相同作用的「給」；並以「給」爲主（76%），「與」祇處於次要地位（24%）。

> 湘雲道：「我與他帶了好東西來了。」（《紅》376頁）

在《家》中，沒有用「與」，全部用「給」。

1.3.2 引進動作的受益者。祇見於《水》和《紅》。

> 犯人一名戴宗，與宋江暗遞私書！勾結梁山泊強寇，通同謀叛，律斬。（《水》501頁）

> （鴛鴦）罵道：「兩個壞蹄子，再不得好死的！人家有爲難的事，拿著你們當做正經人，告訴你們，與我排解排解，饒不管，你們倒替換著取笑兒。……」（《紅》564～565頁）

三書中，起相同作用的還有「替」和「給」。

在《水·上》中，除用「與」外，同時還用「替」；以「與」爲主（74%），以「替」爲次（26%）。

> 滿城人見說拿得宋江，誰不愛惜他，都替他去知縣處告說討

饒，備說宋江平日的好處。(《水》439 頁)

在《紅・二》中除用「與」外，同時還用「給」和「替」；以「給」「替」為主(96%)，「與」已降到非常次要的地位(4%)。

賈母笑道:「你要給誰說媒?」(《紅》624 頁)

紫娟忙上來握住他的嘴，替他擦眼淚。(《紅》726 頁)

1.3.3 表示共同、協同進行某一動作。祇見於《水》和《紅》。

今晚兄長自與家間二三人去看燈，早早的便回。(《水》402 頁)

岫煙心中先取中寶釵，有時仍與寶釵閒話，寶釵仍以姊妹相呼。(《紅》730 頁)

在《水・上》中，除用「與」外，同時還用起相同作用的「和」；以「和」為主(81%)，以「與」為次(19%)。

蕭讓得了五十兩銀子，便和戴宗同來尋金大堅。(《水》492 頁)

在《紅・二》中，除用「與」外，也同時還用起相同作用的「和」；這時「和」已占絕對優勢(91%)，「與」則處於極為次要的地位了(9%)。

寶釵聽了，愁歎道:「……等我和媽媽再商量。」(《紅》731 頁)

在《家》中，已不用「與」，「與」全部被「和」「跟」取代。

1.3.4 指示與動作有關的對方。祇見於《水》和《紅》。

(林沖)回身卻與智深道:「師兄，且在茶房裡少待，小弟便來。」(《水》94 頁)

賈政聽了，心下疑惑，暗暗思忖道:「素日並不與忠順府來往，為什麼今日打發人來?」(《紅》393 頁)

在《水・上》中，除用「與」外，同時還用起相同作用的「和」；兩者地位相當，「與」占44%，「和」占56%。

花榮道:「小弟捨著棄了這道官誥，和那廝理會。」(《水》407 頁)

在《紅・二》中，除用「與」外，也同時還用起相同作用的「和」；這時「與」已處於極不重要的地位(8%)，「和」占絕對優勢(92%)。

　　（寶玉）一面回頭向焙茗道：「這水仙庵的姑子，長往咱們家去。這一去到那裏和他借香爐使使，他自然是肯的。」（《紅》528頁）

在《家》中，已不用「與」，全部用「和」和「跟」。

1.3.5 引進用來比較的對象

　　（智深）喝道：「你兩個撮鳥，但有歹心，教你頭也與這樹一般。」（《水》108頁）

　　見甄家的形景，自與榮家不甚差別，或有一二稍盛的。（《紅》719頁）

　　她完全感覺到這種生存的單調，心裡有點難過，像那些與她同類的少女一樣，開始悲歎起自己的命運來。（《家》26頁）

《水》《紅》祇用「與」，《家》中很少用「與」（8%），而主要用起相同的「和」同「跟」（兩者共占92%）。

1.3.6 表示與某事物有聯繫

　　那婆子舊性不改，便跳起身來喝道：「你這小猢猻，老娘與你無干，你做甚麼又來罵我！」（《水》309頁）

　　趙姨娘道：「你也別管，橫豎與你無干，……」（《紅》759頁）

　　又由與戀愛問題有關的閒話，而談到親友間的戀愛事情，談到梅和覺新的事，以至談到自己的事。（《家》330頁）

《水》《紅》都祇用「與」，《家》中已很少用「與」（14%），基本上用起相同作用的「跟」（86%）。

上述六種用法中，以前面四種最爲主要，後兩種祇是極個別的現象。

1.4 介詞「與」和起相同於上述六種作用的其他介詞相比，「與」在《水·上》中占主要地位（64%），到《紅·二》中已降到次要地位（17%），而在《家》中已幾乎不用，僅占0.5%，99.5%都被其他介詞（「給」「替」「跟」「和」）取代。

發展趨勢

從上所述，我們可以看出，「與」字從《水》經《紅》到《家》發展的總

趨勢：

2.1 用途急劇減少

「與」字三大用途中，動詞「與」到《紅》時已基本消失，到《家》時則全部消失；介詞「與」到《紅》時已大部消失，到《家》時則幾乎全部消失，連詞「與」到《家》時雖然還有，但已用得很少。

2.2 出現率急劇下降

《水‧上》、《紅‧二》、《家》三書共出現「與」字 970 次，其中《水‧上》占 82%，《紅‧二》占 15%，《家》衹占 3%。如以《水‧上》「與」字出現總次數為基數 100%，《紅‧二》衹及《水‧上》的 18.7%，《家》衹及《水‧上》的 3.5%。

2.3 「與」字在今天，還可以作為介詞、連詞使用，限於書面語，口語裡基本上不用了。

演變規律

從這一時期「與」字的發展過程，可以看出語言發展的一些規律。

3.1 一個具有多種用途和用法的詞的消失，往往要經歷一個它的各種用途和用法逐漸相繼喪失的過程，「與」字正是這樣。

在古代漢語中，「與」字的用途和用法很多，楊樹達在《詞詮》中就把「與」歸納為六大詞類（名、動、副、連、介、助）、二十個用法。經過漫長的歲月，到《水》時已縮小到衹有三大詞類（動、連、介）、八個用法。過了四百年，到《紅》時又縮小到事實上衹有兩大詞類（動詞「與」已基本不用）、七個用法，而且使用率比《水》低得多。再經過二百來年，到《家》時更縮少到兩大詞類、三個用法，而且如上所述，它一般衹在書面語中使用。

3.2 語言往往是通過新質要素和舊質要素同時並存到舊質要素逐漸衰亡的過程向前發展的，「與」作為語言最小單位的詞，它的發展也是這樣。

「與」字在從《水》到《家》這一時期的發展過程中，日趨衰亡的是「與」的舊質要素，而「替」「給」「跟」「和」等則是新質要素，在三書中，一般都在不同程度上反映了這新、舊質要素的同時並存過程，在某些用途和用法方面還反映了舊質要素的衰亡。

起「表示共同、協同進行某一動作」和「指示與動作有關的對方」作用的

介詞「和」與起「引進動作的受益者」作用的介詞「替」，在《水》、《紅》中是和「與」同時並存的，到《家》時，它們（其中「替」和「給」一道）則完全取代了「與」。

連詞「和」在三書中都和「與」同時並存，連詞「與」還未完全消失。

起「引進用來比較的對象」作用的介詞「和」「跟」和起「指示與動作有關的對方」作用的介詞「跟」，在《家》中都和「與」同時並存；具有這些作用的介詞「與」也還未完全消失。

3.3 一個詞消失的過程往往是緩慢的

這是由上面兩點所決定的，因為一個詞的各種用途和用法相繼喪失的過程，新質要素與舊質要素同時並存到舊質要素衰亡的過程，決不會祇是短短的幾年、十幾年能夠完成的，而要經過一段很長的時期。上面談「發展趨勢」時用了「急劇」一詞，那祇是就三書的比較而言，其實，從《水滸》到《家》，相距六百多年，時間不為不長，何況這種過程決非僅僅自《水滸》而始，《水滸》前「與」的歷史就已有兩千多年。

（原載《安徽師範大學學報（人文社會科學版）》1981 年第 4 期）

從變文、元雜劇、《水滸》、《紅樓夢》看選擇問句的發展

　　唐宋以來的一千年，古代漢語經歷了由近代而現代的發展過程。在這個過程中，選擇問句也有不小的變化。研究這段時期選擇問句的演變，對我們瞭解近代漢語的面貌，瞭解漢語發展的一個片斷，都有一定的意義。

　　本文以這段時期的文學作品的語言為根據來研究選擇問句的發展。引用的書是：

　　《敦煌變文集》（人民文學出版社，1957 年版），以下簡稱《變》；

　　《話本選》（人民文學出版社，1959 年版），簡稱《話》〔註1〕；

　　《新校元刊雜劇三十種》（中華書局，1980 年版），簡稱《元刊》；

　　《元人雜劇選》（人民文學出版社，1978 年版），簡稱《雜》；

　　《水滸全傳》（上海人民出版社，1975 年版），簡稱《水》；

　　《紅樓夢》（人民文學出版社，1972 年版），簡稱《紅》。

〔註 1〕本文中的《話》僅指該書中這樣八篇宋元話本：《碾玉觀音》、《錯斬崔寧》、《簡帖和尚》、《快嘴李翠蓮記》、《宋四公大鬧禁魂張》、《萬珍娘仇報山亭兒》、《勘皮靴單證二郎神》和《鬧樊樓多情周勝仙》。

　　《變》所收集的 78 篇作品,「大概都是唐末宋初的東西」〔註2〕,「用接近口語的文字寫成的」〔註3〕,能在一定程度上反映唐後期和宋初葉的口語,這種口語可視爲早期的近代漢語。《話》、《元刊》、《雜》所收的,是宋末和元代的作品,《水》成書於 14 世紀,基本上都是用白話寫的,在很大程度上分別反映了宋末、元代和明代的口語,這些口語屬於近代漢語。《紅》成書於 18 世紀,是用清代白話寫的,同今天的口語差別不大,已屬於現代漢語。

　　這些作品的年代並非緊密連接的,作品的體裁和作家的風格也有所不同,因此,這些語言材料不可能全面地反映問題。但它們畢竟有一定的代表性,而且篇幅都比較長,因此,用它們來說明選擇問句的發展,是可以言之成理的。

　　選擇問句可以分正反選擇問句(如:「你去不去?」)和並列選擇問句(如:「你今天去呢,還是明天去呢?」)。本文先談正反選擇問句,再談並列選擇問句,最後再總括談幾點。

　　對某種選擇問句進行考察的次序是:先條條,後塊塊。所謂條條,就是指構成某種選擇問句的各種成分,即「部件」。正反選擇問句的「部件」主要有四:否定詞、疑問語氣詞、句中助詞和動詞及其附加成分在否定詞後的重複與省略。並列選擇問句的「部件」主要有三:連接詞、疑問語氣詞和動詞項的多少。所謂塊塊,就是指由各種「部件」搭配組合成的各種類型的「機器」,即句型。有了條條和塊塊的斷代描寫和歷史對比,就能看出各種選擇問句各時代的面貌和這段時期的發展變化。

一、正反選擇問句

1.1 各種成分的發展變化

1.1.1 否定詞

　　否定詞是構成正反選擇問句必不可少的成分,它可以放在句中,也可以放在句末。放在句末的否定詞的性質,各家意見不一:有的認爲是疑問語氣詞,有的基本上認爲是否定副詞,後者是楊樹達的《詞詮》和楊伯峻的《文言語法》

〔註 2〕見《變》「引言」第 6 頁。

〔註 3〕見《變》「出版說明」第 1 頁。

中的觀點。我們同意後者。我們認爲，看作否定副詞比較好一些，因爲這些詞表「否定」這一詞匯意義很強（而「乎」「呢」等眞正疑問語氣詞都沒有詞匯意義），它們放在句末，是正反選擇問句的一種省略形式。

1.1.1.1 各書情況

1、在《變》中，否定詞有「否、不、無」三個。在它們出現的總次數中，「否」占 48%，「不」占 43%，「無」占 9%。

「否」和「無」有個特點，就是都放在句末，它們的後面不再跟其他的詞（疑問語氣詞除外）。

> 淨土莊嚴汝見否？（570）〔註4〕｜即（既）至明年，差富平郡
>
> 王進朝往於蕃中，看李陵在無？（94）

「不」可以放在兩個動詞之間，也可以放在句末。

> 已下即便講經，大眾聽不聽？能不能？願不願？（473）｜今問
>
> 卿天下有大人不？（885）

2、在《話》、《元刊》、《雜》中，否定詞有「不、不曾、否、無、未曾、未、沒」七個。在它們出現的總次數中，「不」占 62%，「不曾」占 18%，「否」占 8%，「無」占 4%，「未曾、未、沒」各占 2%。

「不」多數放在兩個動詞之間，少數放在句末。

> 敢也不敢？中也不中？我問您咱。（《元刊》638）｜你認得我也
>
> 不？（《話》40）

其他的否定詞都只放在句末。

> 孩兒，羊肚腸有了不曾？（《雜》20）｜舅爹爹安樂否？（《元
>
> 刊》130）｜今宵燈下彈弄，可使遊魚出聽無？（《雜》179）｜兄弟
>
> 你吃飯未曾？（《雜》323）｜嫂嫂，喈墳園到那未哩？（《元刊》735）
>
> ｜宋四公道：「二哥，幾時有道路也沒？」（《話》69）

3、在《水》中，否定詞有「否、不、不曾、無、沒、未」六個。在它們出現的總次數中，「否」占 50%，「不」占 33%，「不曾」占 4%，「無」占 7%，「沒、未」各占 2%。

〔註 4〕本文例句後括號內的數字，是所引書的頁碼。

「否、不曾、無、沒、未」都衹放在句末。

> 晁蓋道：「小子胡猜，未知合先生意否？」（180）｜太公，你的
> 女兒躲過了不曾？（66）｜宋押司下處不見一個婦女面，他曾有娘
> 子也無？（240）｜注子裡有酒沒？（304）｜王婆問：「了也未？」
> （313）

「不」可以放在兩個動詞之間，也可以放在句末。

> 你兄弟兩個，見也不見？更待何時？（938）｜明日隨直也不？
> （703）

4、在《紅》中，否定詞有「不、沒有、否、不曾」四個。在它們出現的總
次數中，「不」占 55%，「沒有」占 40%，「否」占 3%，「不曾」占 2%。

「不」不再放在句末，而衹放在兩個動詞之間。

> 嬤子，你說我心焦不心焦？（119）

「沒有、否、不曾」都衹放在句末。

> 林子孝家的又問：「寶二爺睡下了沒有？」（803）｜因又問道：
> 「請教仙翁：那榮甯二府，尚可如前否？」（1519）｜黛玉便止住步，
> 以手扣架，道：「添了食水不曾？」（415）

1.1.1.2 發展趨勢

否定詞發展的趨勢是逐步簡化。

1、「不」字最為穩定。在§1.1.1.1 的統計中，「不」字占的百分比始終很
大：《變》43%，《話》、《元刊》、《雜》62%，《水》33%，《紅》55%。但它的位
置由可以放在句中和句末發展到《紅》及今天衹放在句中，即放在兩個動詞之
間。

2、「否」字地位急劇下降。在§1.1.1.1 的統計中，「否」占的百分比是：
《變》中為 48%，《話》、《元刊》、《雜》10%，《水》50%，《紅》3%。直到今
天，「否」衹是作為文言詞殘存於書面語中。

3、至於文言詞「無、未」，它們在§1.1.1.1 的統計中占的百分比本來就很
小，今天自然沒有它們的地位。「不曾、未曾」占的百分比更小，今天消失也是
很自然的。

4、衹有「沒有」是一個出現很晚但很有活力的否定詞，它幾乎完全代替了

「否、未、不曾、未曾」和放在句末的「無」，成爲今天口語中唯一的放在句末的否定詞。

1.1.2 疑問語氣詞

1.1.2.1 各書情況

1、在《變》中沒有發現。

2、在《元刊》、《雜》中有「那」和「哩」，都用得極少。「那」放在否定詞前，「哩」放在否定詞後。

> 順著這夫婦情，忘了養育恩，你這老爺娘娘恨也那不恨？（《元刊》262）｜嫂嫂，唅墳園到那未哩？（《元刊》735）

3、奇怪的是，在《水》中沒有發現疑問語氣詞。

4、在《紅》中祇有「呢」，它可能來源於「那」和「哩」，但它祇放在句末。

> 寶玉笑道：「兩句話說了，你聽不聽呢？」（326）

1.1.2.2 發展趨勢

疑問語氣詞發展的趨勢是，從無到有，從弱到強，它很有生命力，儘管直到《紅》時還用得不多，但今天已普遍使用了。

1.1.3 句中助詞

在正反選擇問句中的否定詞前面，往往加上一個起正反選擇問句標誌作用的詞，我們姑且把它稱爲句中助詞。

1.1.3.1 各書情況

1、在《變》中，句中助詞有「已、以、也」三個。在它們出現的總次數中，「已」占 70%，「以」占 19%，「也」占 11%。「已、以」通用，它們與「也」分工明確，「已、以」放在「否、不」前面，「也」祇放在「無」的前面。

> 善慶曰：「如今者，若見遠公，還相識已否？」（90）｜公還誦
>
> 金剛經以否？（186）｜其妻不知夫在已不？（156）｜識兒以不？
>
> （158）｜既是巡營，有號也無？（38）

2、在《話》、《元刊》、《雜》中，「已、以」已經消失，祇剩下「也」。「也」不放在「否、未曾、未」前面，祇放在「不、無、不曾、沒」前面。

您這雙沒主意的爺娘是怕也不怕？（《元刊》366）｜這裡有避風雨的，都來一搭兒說話咱！有也無？（《雜》179）｜老兒，你吃飯也不曾？（《雜》539）｜宋四公道：「二哥，幾時有道路也沒？」（《話》69）

3、在《水》中，也祇有「也」。「也」不放在「否、不曾、沒」前面，祇放在「不、無、未」前面。

祇不知你終心肯去也不？（377）｜時遷道：「你且看匣子裡有甲也無？」（709）｜王婆道：「了也未？」（313）

4、在《紅》中，也祇有「也」，使用極少，祇在「不」的前面。

外人知道，這性命臉面要也不要？（950）

1.1.3.2 發展趨勢

句中助詞發展的趨勢是：

1、字數逐步減少以至消失。《變》中有三個（「已、以、也」），以後各書中都祇有一個（「也」），今天已經沒有。

2、使用頻率越來越低，以至不用。在正反選擇問句中，使用句中助詞的占的百分比是：《變》中為 47%，《話》、《元刊》、《雜》55%，《水》29%，《紅》1%。今天已經不用。

1.1.4 重複與省略

所謂正反選擇問句的重複與省略，是指動詞及其附帶成分在否定詞後的重複與省略，可分重複式、半重半省式和省略式三種。

1.1.4.1 各式在各書中的情況

1、重複式

重複式是動詞或動詞及其附帶成分在否定詞後全部重複。

在《變》中，重複式占全書正反選擇問句總數的 12%，祇有動詞重複。

門徒弟子，受此三歸，能不能？願不願？（464）

在《話》、《元刊》、《雜》中，重複式占這三書正反選擇問句總數的 50%。動詞可以重複，動賓也可以重複。

你招也不招？（《雜》24）｜你去子去，你休問得官不得官，子

早回家些兒者！（《元刊》385）

在《水》中，重複式占全書正反選擇問句總數的 12%，祇有動詞重複。

黃信再向劉高道：「你拿得張三時，花榮知也不知？」（409）

在《紅》中，重複式占全書正反選擇問句總教的 44%，動詞可以重複：

還有句話告訴你，不知依不依？（306）

動賓也可以重複：

賈政向詹光道：「下彩不下彩？」（1187）

「動·得」也可以重複，有「動·得·動·不·得」和「動·得·不·動·得」兩種格式：

問道：「先生看這脈息還治得治不得？」（123）｜你懂得不懂得？

（1062）

2、半重半省式

半重半省式是動詞和動詞後附加成分在否定詞後，一項重複，另一項省略。

幾部書中都祇有動重賓省式，在正反選擇問句中占的百分比都很小：《變》中為 5%，《話》、《元刊》、《雜》4%，《水》4%，《紅》9%。

……這個是阿誰不是？（《元刊》131）｜我不問你別的，這藥死公公是你不是？（《雜》37）｜你們還我也不還？（《水》469）｜寶玉在一旁，一時又向：「吃些滾水不吃？」（《紅》469）

3、省略式

凡以否定詞或否定詞加疑問語氣詞結尾的都是省略式。各書正反選擇問句中，省略式占的比例都很大：《變》中為 83%，《話》、《元刊》、《雜》46%，《水》84%，《紅》47%。

1.1.4.2 發展趨勢

重複與省略發展的趨勢是越來越靈活多樣，因為重複式和半重半省式的比例上升，省略式的比例下降，重複式和省略式比例大致相當，半重半省式的比例逐漸增大；同時重複的內容也越來越豐富。

1.2 句型

1.2.1 上述四個方面結合，可以搭配成各種句型

各書中出現的正反選擇問句句型如表1。

表1

句型 / % / 書		《變》	《話》《元刊》《雜》	《水》	《紅》
重複式	動·不·動	12	8	2	37
	動·那·不·動		2		
	動·也·不·動		30	10	1
	動·不·動·呢				1
	動·也·那·不·動		8		
	動·賓·不·動·賓		2		3
	動·得·不·動·得				1
	動·得·動·不·得				1
半省式	動·賓·不·動	5	2		9
	動·賓·也·不·動			4	
省略式	動·否	8	8	50	
	動·以·否	1	2		
	動·賓·否	8	2		3
	動·賓·已·否	23			
	動·賓·以·否	4			
	動·得·已·否	2			
	動·不	11			
	動·以·不	1			
	動·已·不			6	
	動·賓·不	9		2	
	動·賓·已·不	4			
	動·賓·以·不	2			
	動·賓·也·不	1		6	
	動·得·也·不			4	
	動·無	1			

動・也・無		3	2	
動・賓・無	4			
動・賓・也・無	1	5	6	
動・得・無	1	2		
動・得・也・無	2			
動・也・未			2	
動・那・未・哩		2		
動・賓・沒			2	
動・賓・也・沒		2		
動・不曾		6		
動・也・不曾		2		
動・賓・不曾		4	4	3
動・賓・也・不曾		8		
動・賓・未曾		2		
動・賓・沒有				40
動・賓・沒有・呢				1
合　　　計	100	100	100	100

1.2.2　發展趨勢

正反選擇問句句型發展的趨勢是：

1、句型逐步減少，日益簡化。如表1所示，《變》有19種，《話》、《元刊》、《雜》有19種，《水》祇有13種，《紅》有11種。減少的原因，主要是句中助詞和一些否定詞的先後消失。

2、重點句型越來越突出。各書句型雖然很多，但各有重點句型。《變》以「動・賓・已・否」、「動・不・動」為主，共占全書正反選擇問句總數的35%；《話》、《元刊》、《雜》以「動・也・不・動」為主，占正反選擇問句總數的30%；《水》以「動・否」、「動・也・不・動」為主，共占正反選擇問句總數的60%；《紅》則以「動・賓・沒有」、「動・不・動」為主，共占全書正反選擇問句總數的77%。

1.3　綜合上述五個方面來看，正反選擇問句發展的趨勢

否定詞逐步簡化，疑問語氣詞晚期興起，句中助詞逐步消失，重複與省略

越來越靈活多樣，句型日益簡化而重點句型越來越突出。

二、并列選擇問句

2.1 各種成分的發展變化

2.1.1 連接詞

1、在《變》中，不用連接詞

> 夫子語小兒曰：「汝知夫婦是親？父母是親？」（233）

2、在《話》、《元刊》、《雜》中，多數不用連接詞

> 你要官休？要私休？（《雜》22）

少數用連接詞。單用的連接詞有「共」、「和」，放在兩項之間。

> 那廝身材長共短？肌骨瘦和肥？（《元刊》428）

連用的連接詞有「可是……也是……」、「或……或……」。

> 休道不是我，便是我搶將來，那老子可是喜歡，也是煩惱？（《雜》158）｜謀合人或多或寡？（《雜》219）

3、在《水》中，少數不用連接詞

> 賢弟水路來？旱路來？（1348）

多數用連接詞。單用的連接詞有「卻、卻是、也是」。

> 今晚便殺出去好？卻挨到來朝去好？（963）｜武松翻過臉來道：「你要死，卻是要活？」（328）｜知府再問道：「你見我府裡那個門子，……有鬚的，也是無鬚的？」（498）

連用的連接詞有「卻……卻……」、「卻是……卻是……」、「或……也……」、「還是……只是……」。

> 顧大嫂慌忙作答道：「便是。足下卻要沽酒，卻要買肉？」（618）｜你三個卻是吃板刀麵？卻是要吃餛飩？（455）｜知府再問道：「你見我府裡那個門子，……或是黑瘦，也白淨肥胖？……」（498）｜酒保前來問道：「客官，還是請人？祇是獨自酌杯？」（793）

4、在《紅》中，少數不用連接詞

> 到底是水月庵，是饅頭庵呢？（1202）

大多數用連接詞。單用的連接詞祇有「還」。

> 他獨自來，還有什麼人？（441）

絕大多數是連用，連用的連接詞有一個共同點，就是其中必含有一個「是」字，這些連接詞是：「是……是……」、「是……還是……」、「還是……還是……」、「可是……還是……」。

> 那紫鵑只管問雪雁：「今兒的話到底是眞的是假的？」（1157）

> │ 到底是別人合你謳了氣了，還是我得罪了你呢？（1047）│ 妹妹還是住在這裡，還是天天來呢？（151）│ 寶玉因問：「可是病了，還是輸了呢？」（217）

2.2.2 疑問語氣詞

1、在《變》中，有一個「邪」，這很明顯是文言詞。

> 須達槍（倉）至，莫知所由，爲屈王邪？臣邪？（406）

2、在《元刊》中，出現了「那」。「那」單用時放在第一項後面，連用時分別放在第一項和第二項後面。

> 這是冬天那春天？（361）│ 知他如今是死那活那？（44）

3、在《水》中，卻沒有發現疑問語氣詞。

4、在《紅》中有個「呢」（可能來源於「那」）。它不連用，祇單用。單用時，祇有少數放在第一項後面，多數放在第二項後面。

> 這會子是立刻叫他呢？還是等著？（869）│ 姑娘到底是和他拌嘴，是和二爺拌嘴呢？（371）

2.1.3 完全與簡略

所謂完全，是指兩項都有動詞；所謂簡略，是指有一項省略動詞，祇有賓語。

1、在《變》、《話》、《元刊》、《雜》和《水》中，完全式和簡略式都有，以完全式爲主。

完全式：

> 爲當欲謀社稷？爲復別有情杯？（《變》373）│ 小姐是車兒來？是馬兒來？（《雜》368）│ 洒家，這饅頭是人肉的？是狗肉的？（《水》

334）

簡略式：

> 爲屈王邪？臣邪？（《變》406）｜這將軍是家將？降將？（《元刊》732）｜王婆道：「你們要長做夫妻，短做夫妻？」（《水》）311）

2、在《紅》中，全部是完全式。

> 賈母因問：「今日還是住著，還是家去呢？」（376）

2.2 句型

上述三個方面結合，可以搭配成各種句型。各書中出現的並列選擇問句句型如表2。

表2

句型	%	《變》	《話》《元刊》《雜》	《水》	《紅》
無連接詞	……？……？	80	24	34	18
	……邪？……邪？	20			
	動・賓・賓		14		
	動・賓・那・賓		5		
連接詞單用	……，卻……			6	
	……，卻是……			12	
	……共……		7		
	……和……		7		
	……，也是……			12	
	是……，……		14		
	是……那，……那		5		
	……，還是……				13
連接詞連用	是……，是……		14		25
	是……，還是……				6
	還是……只是……			18	
	卻……卻……			12	
	或……也……			6	

或……或……		5		
可是……也是……		5		
是……，是……呢				7
是……，還是……呢				13
還是……呢，還是……				6
還是……，還是……呢				6
可是……，還是……呢				6
合　　　計	100	100	100	100

2.3　綜合上述四個方面來看，並列選擇問句發展的趨勢

1、不用連接詞的由多到少。在並列選擇問句中，不用連接詞的占的百分比急劇下降：《變》中為 100%，《話》、《元刊》、《雜》45%，《水》34%，《紅》18%。到今天已很少不用連接詞。

2、連接詞出現晚一些，在並列選擇問句中，連接詞單用的百分比逐步減少：《話》、《元刊》、《雜》中為 33%，《水》30%，《紅》13%。連接詞連用的百分比逐步增加：《話》、《元刊》、《雜》中為 24%，《水》36%，《紅》57%。今天一般是連用。

3、疑問語氣詞在元雜劇中已有「那」（但在《水》中沒有發現），在《紅》中已由「那」演變成「呢」，它在今天已普遍使用。

4、簡略式逐步消失，在《紅》中已祇用完全式。

5、句型由少到多，再逐步減少，今天更少一些。

三、結論

綜合上述，我們可以看出唐宋以來選擇問句發展變化的幾個特點。

3.1　構成選擇問句的成分，如句中助詞、連接詞、否定詞，各經歷了由雜多到規範簡化的過程。首先，人們或用口語詞，或用文言詞；或用共同語，或用方言詞；或者書寫時用同音字，等等。一千年間，人們在交際中不斷「去粗取精」，這樣就趨於規範簡化。

3.2　選擇問句是由各個成分組成的有機整體，一處有變化，能引起他處出現相應的調整。例如：句中助詞「已、以」的消失，就使「也」增加了置於「不」前的用法，並使得「否」前不再出現句中助詞，句末否定詞「無、未」的消失，

「否」的使用越來越少，這就促使了新的用於句末的否定詞「沒有」的興起；用於句末的否定詞的大量消失，也引起了句中助詞的消失；不用連接詞的句型的減少，引起了用連接詞的句型的增加；連接詞連用的增加，又是單用減少的結果。

3.3 疑問語氣詞的出現，具有強大活力，句型的日趨簡化，也是兩種選擇問句的共同特點。

（原載《語言研究》1983 年第 2 期，後收入安徽省語言學年會編《語言學論文集》，安徽教育出版社，1989 年，第 236～250 頁）

正反選擇問句中否定詞發展初探

在談正文之前，先得給正反選擇問句正名和給這種句子末尾的否定詞定性，因爲祇有名正性定才能言順。

選擇問句可分兩類：並列選擇問句和正反選擇問句。

並列選擇問句是問者提出並列的而不是正反相對的兩項或多項供人選擇回答，如「事齊乎？事楚乎？」（孟子・梁惠王下）「你還說這些話，到底是咒我，還是氣我呢？」（紅樓夢・三二）

正反選擇問句是問者提出相反的（是邏輯上的相反，而不是語言中的反義詞）兩項供人選擇回答，如「你跟我去也不？」（古今小說・三）「你說可笑不可笑？」（紅樓夢・三五）

兩類選擇問句都是擺出兩項讓答者選擇回答，這種形式上的共同點決定了它們都是選擇問句。它們在這個「大同」的情況下，還有「小異」。「小異「的主要形式標誌是：正反選擇問句必有一個（也祇能有一個）否定詞，而且否定詞放在第一項的後面，否定的內容即第一項的內容；並列選擇問句一般不出現否定詞，祇是借助於連接詞語。

正反選擇問句的性質，目前各家的看法還不盡一致：有的認爲是非問句，有的認爲是反覆問句，當然也有少數認爲是選擇問句。

我們認爲，從意義來說，單純的是非問句和正反選擇問句有相同之點，即

答案都祇能要麼是肯定，要麼是否定，不能有其他，這也許是把這兩種問句並成為一類的根據。但是，問句的分類是語法問題，應該主要從形式上來區分。譬如「你去嗎？」和「你去不去呢？」這兩個問句儘管在意義上，答案都祇能是「去」或者是「不去」，但在形式上，卻有很大的區別。前者祇擺出一項，答者祇是對這一項表示肯定或否定，這是是非問句。後者卻擺出了正面的和反面的（通過否定詞來表示）兩項，答者在這兩項裡選擇一項作為答案，這是正反選擇問句。是非問句形式比較單純，歷史變化一般祇限於語氣詞；正反選擇問句則形式多種多樣，歷史變化很大。所以，我們認為，還是把是非問句和正反選擇問句分開比較好。

有些著作把正反選擇問句定名為反覆問句，使它單獨成為一種類型，這當然是可以的。但正反選擇問句和並列選擇問句在形式上有著更大的共同點（前面已經提到），把這兩者合併為選擇問句，再在選擇問句裡面分正反和並列兩個小類，或許更合適些；而且在一般讀者中，正反選擇問句比反覆問句可能意義更明確，更容易為人理解。

正反選擇問句末尾出現的否定詞（如「無」等）的性質，各家也有不同的看法：有的認為是否定詞，有的認為是語氣詞。從下文的分析來看，這些詞無疑是否定詞，因為它的「否定」意義很明顯，而真正的語氣詞（如「乎」、「耶」、「呢」、「嗎」等）祇表示疑問語氣，絲毫不具有「否定」意義的。

否定詞是正反選擇問句賴以存在的決定因素之一，沒有它，正反選擇問句就不復存在。因此否定詞的地位非常重要。正反選擇問句在各個時期使用哪些否定詞？否定詞處於句子裡的哪個位置？各否定詞分別適用於哪些情況？否定詞的發展體現了語言發展的什麼樣的規律？以及各否定詞分屬哪些性質的詞？如何看待「不」「否」通用？弄清這些問題，對瞭解漢語發展歷史和促進語言規範，都是有幫助的。本文就這些問題作一些大致的介紹和初步的探討。

一、正反選擇問句中各個時期使用的否定詞

正反選擇問句因為是動詞、助動詞或形容詞正反兩項並列，所以不使用如下各類否定詞：

1、否定性的動詞，如「非」、「匪」、「無」、「微」等；

2、代人代物的否定代詞，如「莫」、「無」、「靡」等；

3、用於祈使句、命令句裡表示禁止或不同意的否定副詞，如「毋」、「勿」、「無」、「休」、「莫」、「不要」、「別」等。

正反選擇問句中使用的是部分否定副詞和否定代詞，各個時期（祇是大致的劃分，並非絕對）先後使用的否定詞有「否」、「不」、「未」、「無」、「不曾」、「未曾」、「沒」、「沒有」。一般情況如下。

（1）先秦：祇用「否」。

　　子產曰：「未知可否？」（左傳·襄公六年）

　　子之持戟之士，一日而三失其伍，則去之否乎？（孟子·公孫
丑下）

（2）漢魏六朝：除「否」繼續使用外，還使用「不」和「未」，三者以「不」為主。

　　曉知其事，當能究達其義，見其意否？（論衡·謝短篇）

　　客問元方：「尊君在不？」答曰：「待君久不至，已去。」（世說
新語·方正）

　　今日上不至天，下不至地，言出子口，入於吾耳，可以言未？
（三國志·諸葛亮傳）

（3）唐宋：除繼續使用「否」、「不」、「未」外，還使用「無」，四者以「否」「不」為主。

　　公還誦金剛經以否？（變文：廬山遠公話）

　　其妻不知夫在已不？（變文：秋胡變文）

　　為汝宣揚得也無？（變文：妙法蓮華經講經文）

　　來日綺窗前，寒梅著花未？（王維·雜詩）

（4）元明：除繼續使用「不」、「否」、「未」、「無」外，還使用「不曾」、「未曾」和「沒」。七個中以「不」、「否」、「不曾」為主。

　　卻不知押番肯也不肯？（警世通言·二〇）

　　附馬爺爺拿來的那長嘴和尚，這會死了不曾？（西遊記·二四）

　　兄弟，你吃飯未曾？（元人雜劇·合汗衫）

　　王婆問道：「了也未？」（水滸全傳·二五）

嫂嫂，你有孕也無？（水滸全傳・四五）

注子裡有酒沒？（水滸全傳，二四）

（5）清代：出現「沒有」，繼續使用「不」、「否」和「不曾」。四個中以「不」、「沒有」爲主。

你道奇也不奇？（鏡花緣・二二）

你聽見了沒有？（紅樓夢・二八）

妹子妄論，不知是否？（鏡花緣・五二）

不知他們可學過做詩不曾？（紅樓夢・四九）

（6）現代：祇用「不」、「沒有」，至於「否」，祇用於書面語言的個別場合。

他到底來不來呢？

這本書你讀過沒有？

二、正反選擇問句中否定詞的位置

否定詞的位置與正反選擇問句的句式有關。正反選擇問句的句式有三：

1、完全式。完全式是前後兩項都具備，即否定詞後的第二項與否定詞前的第一項相同，如「他來不來？」

2、省略式。省略式是否定詞的後面省略了第二項，這一項可以補起來，如「你來沒有（來）？」

3、不完全式。不完全式是否定詞的後面沒有第二項，而且這一項是補不起來的。如：「淨土莊嚴汝見否？」（龍文・維摩詰經講經文）

在先秦和漢魏六朝，一般祇用不完全式；唐宋以來，在繼續使用不完全式的同時，還大量使用完全式和省略式。

在完全式中，否定詞位於句子的中間。在省略式和不完全式中，否定詞位於句子的末尾（除疑問語氣詞外）。

否定詞中，「否」、「未」、「無」、「不曾」、「未曾」、「沒」始終出現在不完全式中，位於句子的末尾。

如此則動心否乎？（孟子・公孫丑上）

臥龍今在家否？（三國演義・三七）

迎兒，你且下去看老爺醒也未？（水滸全傳·四五）

差富平郡王進朝往於蕃中，看李陵在無？（變文·李陵變文）

湯好了不曾？（紅樓夢·三五）

兄弟，你吃飯末曾？（元人雜劇·合汗衫）

二哥，幾時有道路也沒？（話本·宋四公大鬧禁魂張）

「不」：在六朝前，出現在不完全式中，位於句子的末尾。

秦王以十五城請易寡人之璧，可予不？（史記·廉頗藺相如列

傳）

汝竟識袁彥道不？（世說新語·任誕）

唐以後，「不」的位置有兩種：

1、從唐到明：用在省略式裡，位子句子的末尾。

識兒也不？兒是秋胡。（變文·秋胡變文）

你認得我也不？（話本·簡帖和尚）

明日隨直也不？（水滸全傳·五六）

2、從唐直到今天，一直用在完全式裡，位於句子的中間。

但某有一交言語，說與夫人，從你不從？（變文·太子成道

經）

敢也不敢？中也不中？我問您咱。（新校元刊雜劇三十種·嚴

子陵垂釣七里灘）

卿呵，則你道波，寡人是怕也那不怕？（元人雜劇·梧桐雨）

你道可笑不可笑？（紅樓夢·二）

「沒有」：清代一般用在不完全式中，位子句子的末尾。

你見過別人了沒有？（紅樓夢·一四）

現在，「沒有」除用在不完全式裡外，還可以用在完全式和省略式裡，位置
可以在句子的末尾，也可以在句子的中間。

他睡了沒有？

他睡沒有？

他睡沒有睡？

三、正反選擇問中各否定詞適用的範圍

由於正反選擇問句中的否定詞有動態（事變性），靜態（動作性、性質性、存在性）等否定角度的區別，所以它所詢問的內容範圍也有所不同，大致可以分三類：

A 類，動態句。詢問動作已否完成，或條件已否具備，句中用動詞和助動詞，如「他來了沒有？」

B 類，靜態句。詢問是否進行某種動作，是否具有某種性質，句中用動詞、助動詞或形容詞，如「他來不來？」

C 類，存有句。詢問是否存在或有某種事物，句中用動詞「在」、「有」等，如「他在不在？」「屋裡有人沒有？」

各否定詞在各類句中的使用情況是：

（1）「否」：三類都可用，主要是 B 類和 C 類。

未知漢帝肯尋盟約否？（元人雜劇・漢宮秋）

賢士快樂否？（封神演義・二四）

軍中有火石否？（變文・李陵變文）

對門吳宮人可在下處否？（今古奇觀・三八）

小的們，關了前門否？（西遊記・五九）

（2）「不」：不用於 A 類。

位於句子中間，都是 B 類：

你兄弟兩個，見也不見？更待何時？（水滸全傳・七六）

能不能？願不願？（變文・佛說阿彌陀佛經講經文）

你道是新聞不是？（紅樓夢・二）

你道好不好？（紅樓夢・四）

位於句子末尾的主要是 B 類，也可以是 C 類。

聞說是法，生信心不？（變文・金剛般若波羅蜜經講經文）

王召廉頗而問曰：「可救不？」（史記・廉頗藺相如列傳）

師父請吃些晚飯，不知肯吃葷腥也不？（水滸全傳·五）

天下有小鳥不？（變文·搜神記）

（3）「未」、「未曾」、「不曾」：不用於 B、C 兩類，祇用於 A 類，都位於句子的末尾。

方今天下太平矣，頌詩樂聲，可以作未？（論衡·須頌篇）

問左右小吏曰：「去未？」答曰：「已去。」（世說新語·忿狷）

黛玉便止住步，以手扣架，道：「添了食水不曾？」（紅樓夢·三五）

兄弟，你吃過飯未曾？（元人雜劇·合汗衫）

（4）「無」：祇用於 A、C 兩類，位於句子的末尾。

今宵燈下彈弄，可使遊魚出聽無？（元人雜劇·張生煮海）

既是巡營，有號也無？（變文·漢將王陵變）

時遷道：「你且看匣子裡有甲也無？」（水滸全傳·五六）

（5）「沒」：祇用於 C 類，位於句子的末尾。

注子裡有酒沒？（水滸全傳·二四）

（6）「沒有」：不用於 B 類，只用於 A、C 兩類，清一般祇位於句子的末尾，現在也可以位於句子的中間。

二爺打學裡回來了沒有？（紅樓夢·九一）

家中有什麼事沒有？（紅樓夢·一一）

姐姐在屋子裡沒有？（紅樓夢·二六）

你去沒有去？

四、正反選擇問句否定詞的發展趨勢和各否定詞的歸宿

從上面的介紹中，我們可以看到正反選擇問句中否定詞的發展趨勢是：

（1）數量由少到多，再由多到較少。先秦 1 個，漢魏六朝 3 個，唐宋 4 個，元明達到頂峰，有 7 個，以後減少到清代 4 個，現在基本上是 2 個。

（2）位置由單一到多樣。先秦至漢魏六朝只放在句子的末尾，唐以來，除可以放在句子的末尾外，也可以放在句子的中間。

各否定詞在漫長的歷史發展過程中，有的終始使用，有的逐漸消失，有的興起而又消失，有的晚起而有活力。

各否定詞的歸宿是：

（1）「否」：表面上看來自始至今都存在，實際上清以來隨著現代漢語的形成即已基本上歸到口語詞「沒有」，今天已用得極少，祇限於文言語詞。

（2）「不」：歷史相當悠久，而且生命力特強。它主要用在完全式中，今天仍廣泛使用。至於用在不完全式和省略式中的「不」，清以來已歸到「沒有」。

（3）「未」、「無」、「未曾」、「沒」：在清代已全部歸到「沒有」。

（4）「不曾」：清代已用得不多，逐漸歸到「沒有」。

（5）「沒有」：不但取代了「未」、「無」、「未曾」、「不曾」和「沒」，而且也代替了省略式和不完全式中的「不」，成為今天正反選擇問句中的兩大否定詞之一。

五、正反選擇問句中否定詞發展的況律

正反選擇問句中否定詞的發展過程，體現了語言發展的一些規律，主要有兩點。

（1）詞匯的發展一般是經歷繼承（一直使用）、創新（新出現而且繁多）和規範（逐漸淘汰而簡化）的過程的。正反選擇問句中的否定詞當然首先是詞匯，它的發展也體現了詞匯發展的規律。由上古漢語經中古漢語、近代漢語發展到現代漢語，作為詞匯的正反選擇問句中的否定詞，總是處於不斷發展之中。靜態句中的否定詞「不」充分體現了繼承的一面，它很好地適應了各時期漢語的需要，一直使用到今天。動態句中的否定詞，既體現了繼承的一面（一直較好地使用到元明），又體現了逐步創新和規範的一面。否定詞「未」、「無」、「未曾」、「不曾」、「沒」的先後出現，與「否」字由漢魏六朝二詞並用，到唐宋三詞並用，直到元明六詞並用，創新達到頂點；用法相同的否定詞太多，隨著漢語由近代向現代發展，需要進行規範，淘汰那些古漢語色彩很濃的（如「否」、「未」、「無」）和較濃的（「未曾」、「不曾」），保留並發展適應現代漢語需要的，「沒」終於發展成為雙音節的「沒有」。這樣結束了「諸侯」並起局面，形成了「六國歸秦」──除「不」外的其他六個統一到「沒有」的新

局面。

　　（2）語法是逐步向靈活細密方向發展的。否定詞用於正反選擇問句中，也是一個語法問題，它的發展又體現了語法發展規律。先秦漢語，比較粗線條，正反選擇問句的適用範圍小，句型少，用的否定詞也少。漢魏六朝，正反選擇問句的句型仍祇有不完全句，但適用範圍擴大到靜態句，於是否定詞相應地增加了「不」，向細密方向跨了一大步。唐宋以來，句式又出現了完全句和省略句，使得正反選擇問句更加靈活，否定詞的位置可在句子末尾，又可在句子的中間，人們可以根據需要採用不同的句式。可以說，正反選譯問句的句式，唐宋即已達到靈活多樣。現代漢語就是在這樣的基礎上，使正反選擇問句發展到相當靈活細密的。

六、正反選擇問句中各否定詞的詞性以及「不」「否」通用問題

　　正反選擇問句中各否定詞都是對動詞、助動詞或形容詞的否定。但後面所否定的詞有的出現（完全式），有的省略（省略式），有的無法出現（不完全式）。因此，它們的詞性也就各有不同。

　　完全式和省略式中的否定詞，可以認爲是副詞，因爲它後面有被修飾的詞語（或出現，或省略）。不完全式中的否定詞，應該該認爲是代詞，既表否定，又代替了它所修飾的詞語。根據這一標準，從前圖我們可以看出各否定詞的詞性。

　　（1）「否」、「未」、「未曾」、「不曾」、「無」、「沒」始終都是否定代詞。

　　（2）「不」：從先秦到漢魏六朝，都是否定代詞；從唐到明，一部分是否定代詞，一部分是否定副詞；從清到現在，都是否定副詞。

　　（3）「沒有」：清代是否定代詞，今天一部分是否定代詞，一部分是否定副詞。

　　最後，順帶談談所謂「不」、「否」通用問題。

　　我們不能籠統地談「不」「否」通用，因爲這種通用有範圍和時代的限制。

　　完全式和省略式中的「不」，談不上一與「否」通用，因爲這種「不」是副詞，後面跟（或者可以補上）被否定的詞語，而「否」字祇是代詞，後面無法出現被否定的詞語。

　　祇有不完全式中的「不」才和「否」通用，因爲他們都是代詞，但也有時

代性。

　　一般在六朝前才有這種通用現象，因爲那時有兩個條件：一是語音條件，即輕唇重唇不分；一是句式條件，祇有不完全式。

　　在唐以後，情況起了變化：一是分輕唇重唇，一是使用完全式和省略式，這時除了文言文有意仿古使用的不完全式中的「不」是「不」「否」通用外，其他大量用口語或接近口語寫的白話文作品中，用的省略式，儘管形式上和不完全式一樣，但「不」後應該說是省略了被否定的詞語，這種「不」是副詞，不能再看作是與代詞「否」通用了。

　　　　　　　　（原載《安慶師範學院學報（社會科學版）》1984 年第 1 期）

重複用約數不宜否定

「約一千多個」「大概一百來人」「約一萬人左右」「約七八十萬人」這類表約數的說法，它的特點是約數是由兩種表約數的方式組成，我們姑且稱爲重複用約數。這類重複用約數，往往被各類測驗、考試作爲改錯的對象，甚至有的語法教科書（《現代漢語》，甘肅人民出版社，1985 年，第 333～334 頁）也把它歸作「數詞、量詞使用不當」之列，認爲是「前後重複」，應該予以規範。

其實，這類重複用約數，並非自今日始，它有著悠久的歷史。如楊伯峻先生的《文言語法》（北京出版社，1957 年）86、87 兩頁中就引了一些這樣的例子（字下符號是筆者加的）：

(1) 若朋友交遊，久不相見，卒然相覩，歡然道故，私情相語，飲可五六斗徑醉矣。（史記·滑稽列傳）

(2) 又南出一里，至天井。井裁容人，穴空，迂迴頓曲而上，可高六丈餘。（水經注·河水四）

(3) 去堰五里以外，方石可得數萬餘枚。（水經注·沁水）

(4) 洛陽女兒對門居，才可容顏十五餘。（王維：洛陽女兒行）

在《水滸全傳》（上海人民出版社，1975 年）中，這類重複用約數也很不少，例如：

(5) 已有百十餘人。（1018 頁）

（6）約有十八九歲。（19 頁）

（7）二將鬥到十數餘合。（1165 頁）

（8）中間裡鏡面也似一片平地，可方三五百丈。（132 頁）

有的還是由三種表約數的方式組成：

（9）約莫走下五六十里多路。（72 頁）

（10）關邊有一株大樹，可高數十餘丈。（1339 頁）

《水滸》以後的其他書中，也有這類重複用約數的，例如：

（11）那浴池約有五丈餘闊，十丈來長。（西遊記，七十二回）

（12）那裏有一座高臺，約有三丈多高。（西遊記，四十五回）

（13）約有三千餘里。（西遊記，七十回）

（14）李奶奶約有二十六七年紀。（醒世姻緣傳，七十五回）

今天，人們口語中也還經常出現重複用約數，祇是見之於文字時，多被「規範」掉。但也有的出版物記下了這種語言事實，如人民出版社的《陳雲文選》中就多次出現重複或約數：

（15）到現在，還祇有六十五萬個農業生產合作社，參加農戶約一千
七百萬左右。（267 頁）

（16）粉絲、榨菜、木耳、金針、香菇等，一九五三年產量共約三億
多斤。（225～226 頁）

為什麼這種重複用約數能夠歷千百年而不衰，原因在於它適應了語言的交際需要，至少於交際無害。如果影響交際，在交際中會引起誤解，自然早就被淘汰了。被事實證明是有生命力的東西，而且今天還活躍在言語之中，似不應視為「不規範」，而要求改正。

（原載《中國語文天地》1986 年第 6 期）

近代漢語中某些結構中賓語的位置
——學點近代漢語（之一）

在漢語研究中，古代漢語和現代漢語，無論是廣度還是深度，都遠遠超過了近代漢語。各種比較系統的關於古代漢語和現代漢語的論著和教科書，紛紛問世，這是我國漢語研究事業興旺發達的標誌。但是，至今仍然沒有一部比較系統的近代漢語專著（需要指出的是，國外卻已有這樣的著作），甚至研究近代漢語的論文也是很少很少。或許主要由於這樣的原因，我們至今還不能看到一部完整的漢語發展史。這是我國漢語研究中一個很薄弱的環節。可喜的是，近幾年來，語言學界已經開始重視這個問題。

在漢語教學領域中，古代漢語和現代漢語列為必修課，完全應該如此，而且還要加強，但是，近代漢語幾乎沒有一點地位，有關這方面的選修課也很少有學校開出。這不能說是應有的現象，至少，對中國語言文學系來說是這樣。

提起近代漢語，有的人可能會說，它和現代漢語一樣，元明雜劇、小說誰個看不懂！這至少是一種誤解。其實，近代漢語和現代漢語並不一樣，無論語音還是詞彙、語法，都有差別；元明雜劇、小說未必字字句句都能夠準確理解。語言是發展的，語言的發展是漸變而不是突變。古代漢語不是一下子突然變成了現代漢語，而是經過漫長的歲月，逐漸發展成為近代漢語（近代漢語

的起迄時期，學術界尚無定論，但元明時代屬於近代漢語時期，則是無疑的了）；再在近代漢語的基礎上，經過一個相當長的時期，逐步形成現代漢語。這樣，近代漢語必然帶有「過渡」特點，這些特點，就是我們今天所不易看懂的，需要我們去研究，需要我們去瞭解，去掌握。元明時代極爲豐富的文化遺產，需要我們去繼承，其中美不勝收的文藝作品尤其需要我們去研究，以利於借鑑和欣賞。中學課本中也有一定數量的元明作品，需要我們準確的講解。這些，都要求語言學界進一步研究近代漢語，要求我們瞭解和學習一些近代漢語知識。有鑑於此，筆者願就自己對近代漢語作的一些考察所得，結合前人和今人的一些研究成果，介紹一些以元明時代爲主的近代漢語的情況。這些介紹自然不可能是系統的，而祇能是專題性的。本回先介紹近代漢語某些結構中賓語的位置。

古代漢語、近代漢語和現代漢語，賓語的位置基本上是相同的，即一般都是放在動詞或介詞的後面，但也各有一些特點。古代漢語中，否定句裡的人稱代詞賓語、疑問句裡的疑問代詞賓語以及其他某些句式裡的賓語，都放在動詞或介詞的前面，即所謂賓語前置，這些發展到近代漢語都後置了。近代漢語中，由於出現了一些新的句式，因此在某些結構中、賓語的位置又有一些特點，這裡說的某些結構，主要指的是動補式、動結式、動趨式以及動詞的重迭式。現分別介紹如下。

一、帶「得」或「不」的表程度的動補式

甲、肯定式

肯定式用「得」，賓語位置有二：

a、〔動・得・賓・形〕

　　兄弟，俺自從和你買刀那日相別之後，洒家憂得你苦。（水滸全傳・九）

　　城外哥哥軍馬，打得城子緊。（水滸全傳・四）

　　莊生飲得酒太醉，索紙寫出四句。（警世通言・二）

　　你如今也加百倍還得我夠了，與你沒相干了。（今古奇觀・一〇）

　　祇見你衣冠功作，象得爺好。（明雜劇・眞傀儡）

b、〔動·賓·得·形〕

> 便是出城得晚，關了城門。（古今小說·三八）

這兩種格式中，以賓語離開動詞的 a 類用得最多，賓語緊接動詞的 b 類用得極少。現代漢語已不再使用這兩種格式：對 a 類，是把賓語往前提到動同後面，接看再重複一下動詞。成為〔動·賓·動·得·形〕格式（「憂你憂得苦」）；對 b 類，由於賓語本來已經緊跟了動詞，祇須在賓語後面再重複一下動詞，也成為〔動·賓·動·得·形〕格式（「出城出得晚」）。

乙、否定式

否定式都用「不」，至於「得」。有的保留，有的不用，因此，賓語位置也有兩種：

a、〔動·得·賓·不·形〕

> 兄弟，你也害得我不淺！（水滸全傳·五六）

b、〔動·賓·不·形〕

> 那婆子被蔣家打得片瓦不留，婆子安身不牢，也搬在隔縣去了。
> （今古奇觀·二三）

> 這個所在，潮勢闊大，多有子弟立腳不牢，被潮頭湧下水去。（警世通言·二三）

> 葛令公見軍士們又饑又渴，漸漸立腳不定，欲待退軍，又怕唐兵乘勝追趕，躊躇不去。（古今小說·六）

和肯定式相反，這兩種格式中，賓語離開動詞的 a 類用得很少，而賓語緊接動詞 b 類用得很多。同樣，現代漢語也都不再使用這兩種格式；對 a 類，將賓語往前提到動詞後面，再重複一下動詞，成為〔動·賓·動·得·不·形〕格式（「害我吾得不淺」）；對 b 類，在賓語後面重複一下動詞，成為〔動·賓·動·不·形〕格式（「立身立不牢」）。

二、表示可能的動補式

甲、肯定式

賓語位置祇有一種：〔動·得·賓〕

祇除是姐姐便救得他。(水滸全傳·四九)

孩兒，你也不比在我前，我是你親爺，將就的你；你如今在這裡，早晚若頑劣呵，你祇討那打罵吃。(元雜劇·竇娥冤)

況且哥哥，也把姑婆作妻，誰說得我？(明雜劇·齊東絕倒)

現代漢語仍然使用這種洛式。

乙、否定式

賓語位置有二：

a、〔動·賓·不·得〕

眾土兵見雷橫贏劉唐不得，卻待都要一齊上並他。(水滸全傳·一四)

這周得一向去那裏來往，被瞎阿公識破，去那裏不得了。(古今小說·三八)

我勝你不得，誓不回軍。(三國演義·六五)

點汙他不得，他是個騙了的獅子。(西遊記·三九)

b、〔動·不·得·賓〕

妾身這一去，雖為國家大計，爭奈捨不的陛下。(元雜劇·漢宮秋)

他既有言在前，如今怪不得我了。(醒世恒言·五)

這兩種格式中，以賓語緊跟動詞的 a 類用得較多，賓語離開動詞的 b 類用得較少。現代漢語繼承了 b 類，將 a 類併入了 b 類（「勝不得你」）。

三、表示可能的動結式

甲、肯定式

有的用「得」，有的不用，賓語位置有三：

a、〔動·得·賓·結〕

他有兩副鞍馬，你一個如何拿的他住？(元雜劇·李逵負荊)

敲得門開，我自有擺佈。(水滸全傳·四一)

莫想拿得他動。(西遊記·四二)

不知哪叱乃蓮花化身，不繫精血之體，怎晃的他動？（封神演義·六）

b、〔動·賓·結〕

當時大孫押司見他凍倒，好個後生，救他活了。（警世通言·一三）

c、〔動·結·賓〕

祇說好事不必忙，等慢慢勸轉他媳婦，誰想婆婆又害起病來。
（元雜劇·竇娥冤）

這三種格式中，a 類用得最多，b 類和 C 類都用得很少。現代漢語保留了賓語離開動詞的 c 類；對 b 類，用「把」字將賓語提到動詞的前面，構成，〔把·賓·動·結〕格式（「把他救活了」）；對 a 類，將賓語移到結果動詞後面，構成〔動·得·結·賓〕格式（「拿得動他」）。

乙、否定式

賓語位置也有三種：

a、〔動·賓·不·結〕

我見那婦人隨後便出米，扶大郎不動，我慌忙也自走了。（水滸全傳·二六）

風愈狂，雪愈大，料想今日過湖不成。（醒世恒言·七）

府裡別無甚事，則是前日王招宣尋一串一百單八顆西珠數珠不見，帶累得一府的人，沒一個不吃罪責。（警世通言·一六）

雖然擊他不中，也好與眾人做個榜樣。（古今小說·四〇）

魏徵二將失了隘口，因此守關不住。（三國演義·六七）

b、〔動·不·結·賓〕

一時間愚迷了佛性禪心，拴不定心猿意馬，以此上德行高僧世間難得。（水滸全傳·四六）

我今日拿不著你，誓不回軍。（封神演義·六一）

c、〔動·不·得·賓·結〕

若是宋江打不得祝家莊破，救不出這幾個兄弟來，情願自死於

此地。（水滸全傳‧四八）

這三種格式中，以賓語緊接動詞的 a 類用得最多，賓語離開動詞的 b 類用得很少，c 類僅是個別。現代漢語繼承了 b 類，將 a 類併入了 b 類（「扶不動大郎」），將 b 類的「得」去掉，也併入 b 類（「打不破祝家莊」）。

四、帶「得」或「不」表示可能的動趨式

甲、肯定式

賓語位置有三：

a、〔動‧得‧賓‧趨〕

> 你作起神行法來，誰人趕得你上？（水滸全傳‧五六）
>
> 祇有父親在姐姐家，我也放得心下。（古今小説‧三八）
>
> 倒被他笑我空有錢，無個好媳婦，怎麼吃得他過？（元雜劇‧秋胡戲妻）
>
> 菩薩，這花瓣兒又輕又薄，如何載得我起？（西遊記‧四二）
>
> 你若盜得甲來，我便包辦賺他上山。（水滸全傳‧五六）
>
> 此是吳侯譎計，如何瞞得我過？（三國演義‧六六）

b、〔動‧賓‧得‧趨〕

> 你是書禮人家，諒無再醮之事，我也放心得下。（古今小説‧四○）

c、〔動‧得‧趨‧賓〕

> 星光下看得出路徑。（水滸全傳‧一○三）
>
> 別的都罷，祇是我與貴妃有些私事，一旦遠離，怎生放的下心？（元雜劇‧梧桐雨）
>
> 虧你如何走得起身，脫了這禍？（醒世恒言‧一八）

這三種格式中，以賓語離開動詞的 a 類用得最多，c 類次之，賓語緊接動詞的 b 類用得極少。現代漢語中，繼續使用 c 類；將 a 類中的前四例和 b 類併入 c 類（「趕得上你」，「放得下心」）；將 a 類後二例用「把」字將賓語提到動詞前面，去掉「得」，換上能願動詞「能」（放在「把」字前面），構成〔能‧把‧

賓‧動‧趨〕格式（「能把甲盜來」）。

乙、否定式

賓語位置有三：

a、〔**動‧賓‧不‧趨**〕

自與小姐在折柳亭相別，使小生切切於懷，放心不下。（元雜劇‧倩女離魂）

朱同恨不得一口氣吞了他，祇是趕他不上。（水滸全傳‧五一）

柳媽媽說他不下，祇能隨女兒做了行首。（古今小說‧二九）

男扮女妝，自然不同，難道你認他不出？（醒世恒言‧八）

一時間忿他不過，即摸著殺三苗叛俘的刀，一刀砍去。（明雜劇‧齊東絕倒）

b、〔**動‧不‧趨₁‧賓‧趨₂**〕

救不出這幾個兄弟來，情願自死於此地。（水滸全傳‧四八）

c、〔**動‧不‧趨‧賓**〕

唬得龐氏……半晌說不出話。（水滸全傳‧一〇三）

這書既看不出字，留之何益，不如還他去罷。（醒世恒言‧六）

馬元架不住三尖刀，祇得又念真言。（封神演義‧六〇）

這三種格式中，以賓語緊接動詞的 a 類用得最多，以賓語離開動詞的 c 類用得較少，b 更少。現代漢語繼續使用 b 類和 c 類，將 a 類併入 c 類（「放不下心」）。

五、不帶「得」或「不」有兩個趨動詞的動趨式

這種結構，由於不帶「得」或「不」，不表示可能，祇表示趨向。它的賓語位置有二：

a、〔**動‧趨₁‧賓‧趨₂**〕

周舍，你與了我休書，趕出我來了。（元雜劇‧救風塵）

蒙眾兄弟……救出我來。（水滸全傳‧九三）

賊猢猻，高則聲，大耳刮子打出你去。（水滸全傳‧二五）

　　　　猴王發怒，抓過他來，往那路邊賴石頭上滑辣的一撺。（西遊記·四〇）

b、〔動·賓·趨₁·趨₂〕

　　　　不見他米，因此在這裡煮海，定要煎他出來。（元雜劇·張生煮海）

　　　　你且掇一瓶御酒過來，我先嘗一嘗滋味。（水滸全傳·七五）

　　這兩種格式中，a類用得最多，b類用得很少。在現代漢語中，a類雖也還可使用，但更多的則是改用「把」字句，格式是〔把·賓·動·趨₁·趨₂〕（「把我趕出來」）；b類中一部分（「掇一瓶御酒出來」）繼續使用，一部分也許用「把」字句（「把他煎出來」）。

六、動詞重迭式

　　這裡談的動詞重迭式，是指動詞後面加上「一」再重複一下動詞的「動·一·動」式。

　　這種結構中的賓語位置有二：

a、〔動·賓·一·動〕

　　　　這兩日你也不來望我一望。（元雜劇·東堂老）

　　　　我且試看魔王一看。（水滸全傳·一）

　　　　老夫不自揣量，要考子瞻一考。（警世通言·三）

　　　　把鄭倫扶出來，唬他一唬。（封神演義·五七）

b、〔動·一·動·賓〕

　　　　不動一動手也不中。（元雜劇·秋胡戲妻）

　　　　我先嘗一嘗滋味。（水滸全傳·七五）

　　　　今番認一認妻子。（今古奇觀·二四）

　　這兩種格式中，賓語緊接第一動詞的a類用得最多，而賓語離開第一動詞的b類用得比較少。現代漢語繼續使用b類，將a類併入b類（「望一望我」）。

　　從上面的介紹，我們可以看出幾點：

　　（一）在近代漢語的某些動補式、動結式、動趨式及動詞重迭結構中，賓

語的位置不是單一的，都有兩種或三種並存，這種並存正顯示了近近代漢語的過渡色彩。

（二）這些並存內部，各種賓語位置所佔的地位有主有次：一種為主，另一種或兩種為次。除極少數的差別是較大外，絕大部分的差別是懸殊的：為主的占絕對的優勢。

（三）為主的一方幾乎都是賓語緊跟動詞，其他成分都在賓語的後面，也就是說，賓語插入動補、動結等結構的中間。這種賓語位置至晚在中古或近代早期即已使用，到元明時代仍然處於統治地位，這是典型的近代漢語格式。

（四）為次的一方幾乎都是賓語離開動詞，其他成分都在或多在賓語的前面，也就是說，賓語處於動補、動結等結構的後面。這些一般出現稍晚一些。

（五）元明以後歷史發展的結果，為主的一方逐漸被淘汰，今天一般祇保存在某些方言之中；為次的一方，經過繼承或改造，逐漸獲得了統治地位，因而形成了現代漢語。

（六）這種為主為次的變更，反映了人們認識的不斷深入、語法的不斷精密。起初人們一般籠統地著眼於動賓組合的整體，線條粗一些；因此，其他成分置於賓語的後面，動補、動結等結構也就鬆散一些。後來人們又著眼於動作的本身，觀察細緻些了，於是把說明動作的其他成分拉前到動詞的後面，這樣，動補、動結等結構也就緊湊多了。當然，這裡所說的「起初」和「後來」，在時代上是有一段相當長的交叉期，反映在語法上就是多種格式並存，近代漢語正體現了這個特點。

（原載安慶師範學院《教研報》1986年第1期）

元明漢語中的幾個句尾語氣助詞
——學點近代漢語（之二）

　　元明漢語中，位於句子末尾的語氣助詞，有一些在現代漢語中一般已經不再使用。這些句尾語氣助詞往往引起今人的誤解，我們不可不注意。本文介紹其中主要的三個：「時」、「來」、「也」。

一、時

　　句尾語氣助詞「時」的詞匯意義已經虛化，祇起某種語法作用。它祇放在某些複合句的前一個分句的末尾。可以分爲如下兩大類。

　　（一）放在某些偏正複句中偏句的末尾，後面正句表示偏句的動作所產生的結果或形成偏句動作的原因，這類偏句末尾的「時」，現代漢語一般都用助詞「的話」來表示。

　　1、放在假設複句中表假設的偏句的末尾。這種偏句中的動作並非已經進行，而祇是一種假設而已，後面的正句則是由這種假設引出的結果，這種結果，也不是已成的事實。偏句可以有「若」、「若是」、「倘若」、「倘或」、「如」、「如是」等假設連詞：

　　　　他若問時，你說是東土欽差上西天拜佛取經進寶的和尚。（西遊

　　記・三七）

若是有銀子與小人時，須有小人收他的執照。（二刻拍案驚奇·
一六）

倘若那廝們來時，各家準備。（水滸全傳·二）

倘或是小弟胡說時，卻不錯殺了人。（水滸全傳·四六）

如尋見哥哥時，可叫兄長作急回來。（水滸全傳·三五）

也可以沒有連詞：

勸的省時，你休歡喜；勸不省時，休煩惱。（元雜劇·救風塵）

說的成時，教你兩個賺個小小富貴。（喻世明言·三三）

憑的時，你自報去。（二刻拍案驚奇·十三）

少數偏句也可以祇是一個指示代詞或者一個否定式詞：這類性質的偏正複
句，也可以採用緊縮句，這時助詞「時」則放在前一半的後面：

我無妻時猶閒可，你無夫時好孤恓。（水滸全傳·六）

2、放在條件複句中前一偏句的末尾。這種偏句是一種條件，這種條件，可
以是一種假設，也可以是已成的事實。後面正句說明祇有在這種條件下就會產
生相應的結果。這種結果，如果由假設的條件產生，也不是已成的事實：如果
由已成事實的條件產生，則也是已成的事實。這類偏句帶有「但」、「但是」、「但
若」等連詞。

但有多時，便來喚洒家與你去。（水滸全傳·七）

但他來時，合衙門人通曉得，明日不見了，豈不疑惑？（今古
奇觀·十六）

宋江但若來時，祇把言語傷他，全不兜攬他些個。（水滸全傳·
二十一）

前二例的條件是假設，自然結果也不是已成的事實；後一例的條件和結果
都是已成的事實。

3、放在某些因果複句中前一偏句的末尾。這種偏句是理由或根據，是已成
的事實；而正句是由偏句推出來的結論，這種結論不是已成的事實。偏句中一
般有「既」、「既然」、「既是」等連詞：

既有那條大路時，連夜趕將去。（水滸全傳·三九）

既是沒有時，他們如何說你，你如何憑他們說，不則一聲？（醒世恒言·三四）

少數偏句也可以祇是一個指示代詞：

既然恁地時，權且由你寫下，我祇不把女兒嫁人便了。（水滸全傳·八）

4、放在表結論的偏句末尾，後面正句則是引出產生前一偏句結論的理由。這種偏句既然表示結論，那自然是已成的事實。

武松道：「哥哥如何是怨我、想我？」武大道：「我怨你時，當時你在清河縣裡，要便吃酒醉了，和人相打，時常吃官司，教我要便隨衙聽候，不曾有一個月淨辦，常教我受苦，這個便是怨你處。想你時，我近來取得一個老小，清河縣人，不怯氣都來相欺負，沒人作主；你在家時，誰敢來放個屁？」（水滸全傳·二四）

上面四小類中，以第 1 小類最多，第 3 小類次之，第 2 小類和第 4 小類極少。

（二）放在某些並列複句中前一分句的末尾，後面引出與這個分句意義有關的其他分句。

1、放在表動作的分句末尾，後面的分句引出由這一動作所獲得的具體結果。帶有助詞「時」的分句中的動作是在出現某種新情況下發出的，這些動作基本上是屬於視覺方面的，少數是屬於聽覺或其他方面的。

田牛兒與趙一郎將遮堂搬開，露出兩個屍首。田牛兒看娘頭時，已打開腦漿，鮮血滿地。（醒世恒言·三四）

正說間，聽得莊裡有人點火把來打麥場上，一到處照點。宋江在門縫裡張時，見是太公引著三個莊客，把火一到處照著。（水滸全傳·三七）

當時林沖便拿了花槍，卻待開門救火，祇聽得外面有人說將話來。林沖就伏門邊聽時，是三個人腳步響，直奔廟裡來。（水滸全傳·十）

思厚回頭看時，見一婦人，項擁香羅而來。思溫仔細認時，正是秦樓見的嫂嫂。（喻世名言·二四）

2、放在表動作的分句末尾，後面的分句引出意外的或相反的事情來。

> 小二欺心，要拿他的鞭子，伸手去拾時，卻拿不起，祇道壓了身底下，盡力一扯，那屍首直豎起來，把小二嚇了一跳。（醒世恒言‧三四）

> 武大搶到房門邊，用手推那房門時，那裏推得開？（水滸全傳‧三四）

> 祇見枕頭移開，摸那錢時，早已不見。（二刻拍案驚奇‧三九）

這一類句子尾末的「時」，今天都不說成「的話」；對第 1 小類，將「時」去掉，再在動詞前而加上「一」，對第 2 小類，一般祇需將助詞「時」去掉就可以。

元明漢語中的尾句助詞「時」，都祇放在複合的前一分句的末尾，起著協助表達停頓語氣的作用。一般來說。有了助詞「時」，句子語氣要和緩一些。正因為它祇有這樣一種作用，所以，往往同樣的或類似的句子，也可以不用助詞「時」。

> 若不隨順，他依舊要勒死我。（元雜劇‧竇娥冤）

> 既如此，伏侍我上馬去也。（西遊記‧一四）

> 此十擔禮物都在小人身上，和他眾人，都由楊志，要早行，便早行；要晚行，便晚行；要住，便住；要歇，便歇。（水滸全傳‧十六）

上面這些句子，如果加上語氣助詞「時」，語意仍然相同：不加語氣助詞「時」，至多祇不過句子語氣一般，或者稍欠和緩而已。

根據上述語法特點和語法作用，我們可以說：元明漢語中的句尾語氣助詞「時」祇放在某些複合句的前一分句的末尾，起著協助停頓語氣的作用；發展到現代漢語，偏正複句裡的「時」，也改用其他方式，不再使用。

二、來

元明作品中，放在句子末尾的「來」，作為語氣助詞，自然詞匯意義完全虛化，不再同於動詞「來」和趨向動詞「來」。

句尾語氣助詞「來」，主要表示如下幾種語氣。

（一）表示疑問語氣

1、用於特指疑問句的末尾。這類「來」，現代漢語用「呢」表示。

石秀起身迎住道：「節級那裏去來？」。（水滸全傳·四四）

玉姐當初囑咐我是什麼話來？（警世通言·二四）

沒有這事，教我說誰來？（醒世恒言·三四）

你去下世做甚的來？（古今小說·十五）

您卻有甚恩到這狼來？（明雜劇·中山狼）

2、用於反問句的末尾。反問句有疑問代詞或疑問副詞的，這類「來」，現代漢語用「呢」表示；反問句沒有疑問代詞或疑問副詞的，這類「來」，現代漢語用「嗎」表示。

既然是這般呵，誰著你嫁他來？（元雜劇·救風塵）

世上少甚挑柴擔的漢子，懊惱什麼事來？（喻世明言·二七）

我好耽耽坐在這裡，卻與誰有約來？（二刻拍案驚奇·三五）

想俺莊戶人家，幾曾見這般宮殿來！（明雜劇·清河縣繼母大賢）

有的時候，賓語也可以移在「動·來」的後面：

性急怎的！方才不曾說來，要問三老？（明雜劇·中山狼）

3、個別的用在是非問句的末尾。這類式中常有「莫不」、「莫非」等含有揣測語意的詞語。這類句子的末尾的「來」，現代漢語一般用「嗎」表示。

看這漢子一身血跡，卻是那裏來？莫不做賊著了手來？（水滸全傳·三一）

莫非還記著泰安州的氣來？（今古奇觀·十）

（二）表示停頓語氣

1、放在假設分句的末尾，句子常見「待」、「欲」、「欲待」、「若」等詞。少數也有不見這類詞語的。這類「來」，相當於上述的句尾語氣助詞「時」（但比它用得少得多），現代漢語一般用助詞「的話」。

朱景先待要報有子孫來，目前實是沒有；待說沒有來，已著人四川勾當去了。（二刻拍案驚奇‧三二）

待要去來，祇道我村。（水滸全傳‧二一）

俺待不救恁來，可不道墨者之道，兼愛爲本。（明雜劇‧中山狼）

作怪！欲道是夢來，口中酒香。道不是夢來，卻又不見蹤跡。（醒世恒言‧三一）

張媒道：「有件事，欲待不說，爲他六兩銀；欲待說來，恐激惱諫議，又有些個好笑。（古今小說‧三三）

你一日無錢，他番了臉來，就不認得你。（警世通言‧二四）

2、放在順承複句中前面分句的末尾。這類「來」，現代漢語一般用「呵」表示。

行至十歲來，五紀三史，無所不通，取名蘇軾，字子瞻。（古今小說‧三〇）

到得長大來，一發不肯學好。（二刻拍案驚奇‧二四）

我看這娘子說來，是個朝廷命官的恭人。（水滸全傳‧三二）

（三）表示祈使語氣

這類「來」，現代漢語一般用「吧」表示。

你不要啼哭，跟著老身前後執料去來。（元雜劇‧竇娥冤）

玉姐無奈，祇得自己下樓，盛碗飯，淚滴滴自拿上樓，說：「哥哥，你吃飯來。」（警世通言‧三四）

大哥，我與你去來。（今古奇觀‧十）

王公道：「你到去首了我來。」（醒世恒言‧三四）

你看那裏不是一株老樹，快問他來。（明雜劇‧中山狼）

行者道：「怕他怎的！撇了手，等我去來。」（西遊記‧四六）

（四）表示強調語氣

用於敘述句的末尾。這類「來」，現代漢語一般用「啦」表示。

秀才想了一會道：「是曾寫來。你怎麼曉得？」（今古奇觀‧十

八）

> 四川、兩廣也曾去來，不曾見你這般賣弄。（水滸全傳·十六）

> 你兒酒也吃來，花也戴來，都認了。（明雜劇·清河縣繼母大賢）

> 行者上前攔住道：「請起，你到城中，又曾問誰去？」太子道：

「問母親來。」（西遊記·三八）

也可以用於表示否定進行過某事的句子末尾：

> 委的不是小婦人下毒藥來！（元雜劇·竇娥冤）

三、也

「也」作為語氣助詞，有兩大用途。

（一）動態地表示感歎語氣，即放在句子的末尾，既表事態的變化，又表感歎、叮囑等語氣。這類「也」，現代漢語一般用「了啊」（「啦」）表示。

1、放在動詞或動賓詞組的後面。既肯定事態出現變化。又表示對這種變化的驚歎。這種變化，可以是已經出現並且已經完成了的：

> 祇見敗殘軍馬，一齊奔入城中，說道：「聞大刀吃劫了寨也！」

（水滸全傳·六六）

> 不好了，不好了！中了賊僧計也！（醒世恒言·二二）

> 我們同來，到是你沒本錢的得了手也。（今古奇觀·九）

也可以以是已經出現了變化，但這種變化仍然正在繼續進行：

> 孩兒，痛殺我也！（元雜劇·竇娥冤）

> 李逵道：「這們睡，悶死我也！」（水滸全傳·七四）

> 大王，山後老舅爺帥領若干兵卒來也！（西遊記·三五）

還可以是指將要出現變化：

> 明日市曹中殺竇娥孩兒也，兀的不痛殺我也！（元雜劇·竇娥

冤）

> 那婆娘見宋江掄刀在手，叫：「黑三郎殺人也！」（水滸全傳·

二一）

2、放在某些形容詞的後面，既表示由於出現新情況使得處境有變化，又表

示對這化的驚歎：

> 見左邊停有二柩，前設供果，桌上有兩個牌位，明寫長男桂高，次男桂喬。心中大驚，莫非眼花麼？雙手拭眼，定睛觀看，叫聲：「苦也！苦也！」（警世通言・二五）

> 豈知颼颼的一陣風起，托他跳出一個大蟲來，向著李清便撲。驚得李清魂膽俱喪，叫聲：「苦也！」望後便倒，嚇死在地。（醒世恒言・三八）

> 李逵應道：「鐵牛如今做了官，上路特來取娘。」娘道：「恁地卻好也！祇是你怎生和我去得？」（水滸全傳・四三）

> 我今日還魂，豈不快活也！（二刻拍案驚奇・十六）

3、放在動詞或動賓詞組的後面，既肯定事實出現變化，又表示比較鄭重的提醒、叮囑等語氣，以喚起對方的注意。這種變化，一般都是將要出現的：

> 武松道：「有時，你快去收拾。我便要放火燒庵也。」（水滸全傳・三二）

> 捱得天明，對媽兒說聲：「我去也。」（今古奇觀・七）

> 行者道：「既這等說，我們先去睡也。」（西遊記・三六）

> 我今回去山寨上，宋江哥哥前回話去也！（明雜劇・豹子和尚自還俗）

（二）靜態地表示感歎語氣。這類「也」，現代漢語一般用「呵」表示。

1、放在判斷句或描寫句的末尾：

> 婆子看那婦人，心下想道：「真天人也！」（喻世名言・一）

> 郎君，好負心也！（醒世恒言・三七）

> 到帶有金銀，好不惶恐人也！（警世通言・二四）

2、放在敘述句的末尾。這種句子的「也」，前已有表已然的語氣詞「了」，這時「也」僅僅表示感歎語氣。

> 呀，引章吃打了也！（元雜劇・救風塵）

> 如今孩兒上當了也。（元雜劇・竇娥冤）

（原載安慶師範學院《教研報》1987 年第 3 期）

《水滸》、《金瓶梅》、《紅樓夢》副詞「便」、「就」的考察

　　副詞「便」、「就」，在近代白話作品中使用頻率極高，發展變化也比較明顯，筆者將對《水滸》、《金瓶梅》和《紅樓夢》三部著作中的副詞「便」、「就」的使用及其發展趨勢作了一些考察，以為近代漢語的發展史提供一點線索。

　　本文依據的是上海人民出版社 1975 年版的《水滸全傳》、齊魯書社 1987 年版的《金瓶梅》和人民文學出版社 1982 年版的《紅樓夢》。為行文方便起見，以下均將三書依次簡稱《水》、《金》、《紅》。

　　一、「便」、「就」類虛詞主要用作副詞。

　　《水》、《金》、《紅》三書中，作為虛詞的「便」、「就」兩類共有「便」、「便是」、「便了」、「便是了」、「就」、「就是」、「就是了」七詞。兩類的各詞都可分別用作副詞、連詞和助詞；同一詞類中，兩類諸詞都有相同的具體用途，可以「通用」。三書中兩類七詞的具體詞類分佈及使用次數如表1。

表1

| | | 「便」類 | | | | 「就」類 | | | 合計 |
		便	便是	便了	便是了	就	就是	就是了	
水滸	副	3439				347			3786
	連	116	56			5	4		181

	助		28	78				106
金瓶梅	副	1347				1859		3206
	連	34	20			106	116	276
	助			66	4	9	156	235
紅樓夢	副	3520				2666	35	6221
	連	84	39			89	105	317
	助			7	8	6	174	195

從表 1 可以看出「便」、「就」兩類虛詞使用的兩點基本情況：

a、三書主要都用作副詞（93.2%、86.3%、93.0%），用作連詞和助詞的極少（連詞：4.4%、7.4%、4.1%；助詞：2.4%、6.3%、2.9%）。

b、副詞中，《水》、《金》二書都只用單音節的「便」、「就」，《紅》中除極個別（0.6%）為雙音節詞外，也都使用單音節詞。連詞中，單音節詞與雙音節詞並用。助詞中，都只使用雙音節詞與三音節詞，不使用單音節詞。

由於三書中「就」、「便」類詞主要都作副詞，並且全是或幾乎全是單音節詞，而單音節詞又是連詞和助詞所使用的雙音節詞和三音節詞的基本詞素，這樣，下面的進一步考察就集中在處於關鍵地位的副詞「便」與「就」。

二、對副詞「便」、「就」的發展趨勢，一般可以從具體用途和使用比例兩個方面來考察。

1、副詞「便」、「就」的用法，《水》和《金》二書有七項，《紅》有六項。三書相同的有六項：（1）表示動作在很短的時間內即將發生；（2）表示動作在很久以前即已發生；（3）表示後一動作緊接著前一動作發生；（4）表示加強語氣；（5）表示確定範圍，排除其他；（6）表示承接上文，得出結論或導致某種結果。這六項，在現代漢語中都得到繼承，成為現代漢語副詞「就」的基本用途，也就是《現代漢語八百詞》「就 [1]」所列舉的用途中的 1、2、3、4、5、7 六項。

《水》、《金》二書中，副詞「就」的另一項用途是表示就便、順便進行某種動作，如：

> 我弟兄兩個，只得上梁山泊去，懇告晁、宋二公並眾頭領，來

與大官人報仇，就救時遷。（水 596）

今日沒事，去走一遭，一者和主管算帳，二來就避炎署，走走便回。（金 1548）

此項用途，在《紅》中即已消失，自然現代漢語沒有保留。

從這兩點可以看出，現代漢語副詞「就」的用途，在《水》、《金》、《紅》三書中即已基本具備。因此，在副詞「便」、「就」的具體用途方面，無論是從《水》經《金》到《紅》，還是從《紅》到現代漢語，總的來說，變化都不算太大，發展趨勢的主流是繼承。

2、副詞「便」、「就」的發展變化主要體現在使用比例方面。這裡所說的「使用比例」，是指副詞「便」、「就」（包括《紅》中爲數極少的「就是」，以下均同）在各書中的使用頻率及其在總次數中所佔的比例。從表 1 可以求出副詞「便」、「就」在各書中的百分比，如表 2：

表 2

	便	就
《水》	90.8	9.2
《金》	44.8	55.2
《紅》	56.6	43.4

從語言發展的一般情況來看，總是舊的成分逐漸減少，新的成分逐漸增多，經過一段彼消此長的新舊並存時期，最後新的成分取代舊的成分。這個過程是直線前進的。

但是，我們從表 2 看到的卻是這樣一種發展趨勢：「便」由絕對優勢（《水》）猛跌到相對劣勢（《金》），再升到相對優勢（《紅》）；「就」則相反。這種一方（「便」）降而復升、一方（「就」）升而復降的現象，意味著發展過程中的倒退。

下面我們再進一步深入考察這種「倒退」現象。

三、小說的言語都可以分爲兩大部分：一部分是作者對故事情節發展敘述（以下簡稱「敘」）同一部小說來說的敘述言語風格一般是前後一致的，只有不同作者、不同小說的言語風格才可能各不相同。另一部分是作品中人物的說話

（以下簡稱稱「話」）。對此，作者總是力求使用最能體現人物個性的語言：一般使用口語詞；有時爲顯示人物的身份差別，也使用一些書面語詞（如果存在書面語詞的話），甚至還使用個別的文言詞語。

由於「敘」、「話」有可能涉及到口語詞與書面語詞的差別，我們不妨從「敘」、「話」的角度對副詞「便」、「就」作進一步的考察。

三書中，副詞「便」、「就」用於「敘」、「話」的使用次數如表3：

表3

	「敘」			「話」		
	便	就	合計	便	就	合計
《水》	2274	204	2478	1165	143	1308
《金》	926	672	1598	421	1187	1608
《紅》	3126	694	3810	394	2052	2446

從表3可以得到如下兩組表示副詞「便」、「就」發展趨勢的百分比（次序均爲《水》→《金》→《紅》）。

A組：「敘」、「話」中使用的「便」、「就」：

「敘」：「便」91.8→57.9→82.8

　　　　「就」8.2→42.1→17.2

「話」：「便」89.1→26.2→16.1

　　　　「就」10.9→73.8→83.9

B組：「便」、「就」用於「敘」、「話」：

「便」：「敘」66.1→68.7→88.8

　　　　「話」33.9→31.3→11.2

「就」：「敘」58.8→36.1→24.3

　　　　「話」41.2→63.9→75.7

現在我們可以依據這兩組百分比分兩個階段來具體分析副詞「便」、「就」的發展趨勢。

（一）從《水》到《金》

A組反映的發展趨勢，「敘」與「話」是一致的：「敘」中的「便」下降而

「就」上升，「話」中也是「便」下降而「就」上升。這說明「敘」、「話」對「便」、「就」的升降沒有直接關係。因此，儘管這種升降的幅度都相當大，也還只是屬於使用頻率方面的「就」起「便」落，屬於數量上的「就」增「便」減。不論「敘」、「話」，都是如此，正因爲「敘」、「話」對升降無關，所以這種趨勢與表 2 所反映的趨勢吻合。

至於 B 組，反映的是既定數量內的「便」與「就」用於「敘」、「話」的分配比例，它的發展趨勢是：「便」用於「敘」上升而用於「話」下降，「就」用於「敘」下降而用於「話」上升，這種升降與用於「敘」、「話」有著直接的關係。這裡，需要看到如下兩點：

a、這種升降幅度都不大，可以認爲是「便」、「就」已分別向用於「敘」、「話」傾斜。

b、在《金》中，優勢與劣勢之間的距離還不是太大：「便」用於「敘」中和「就」用於「話」中分別爲 68.7% 和 63.9%，優勢均爲三分之二左右；「便」用於「話」中和「就」用於「敘」中分別爲 31.3% 和 36.1%，劣勢均爲三分之一左右。優勢與劣勢之間的距離均約三分之一，還沒有形成絕對的優勢與劣勢。這說明，在使用上，「便」、「就」之間還沒有形成「敘」、「話」的質的差別。

「便」用作副詞，出現較早，到《水》中已達極盛時期，處於絕對優勢地位；儘管到《金》中已下降，但仍然佔有三分之一的位置，無疑還是口語詞。而「就」用作副詞，始見於元代，在《水》中還只處於新興時期，在《金》中有了很大的發展，當然是口語詞。由於副詞「便」、「就」都是口語詞，《水》、《金》二書中的「敘」與「話」使用的自然都口語詞。因此，從《水》到《金》，副詞「便」、「就」的變化，只能看作同屬於口語詞範圍內的數量方面的變化。

（二）從《金》到《紅》

A 組反映的發展趨勢是：「敘」中的「便」上升而「就」下降，「話」中的「便」下降而「就」上升。這種升降明顯地說明與「敘」、「話」有著直接關係。這種升降已不是「便」、「就」籠統的使用頻率的起落，也不再是籠統的數量上的增減，而是起落、增減都受到「敘」、「話」的支配。這已不同於從《水》到《金》階段 A 組所反映的發展趨勢，也與表 2 所反映的發展趨勢不同。

B 組所反映的發展趨勢是：「便」用於「敘」上升而用於「話」下降，「就」用於「敘」下降而用於「話」上升。這點與從《水》到《金》相同。不同的是，到《紅》時，優勢與劣勢之間的距離已經很大或極大：「便」用於「敘」中的優勢是 8.88%，用於「話」中的劣勢是 11.2%；「就」用於「話」中的優勢是 75.7%，用於「敘」中的劣勢是 24.3%。這種優劣勢距離已經形成了「敘」與「話」的質的差別，結果呈現了《紅》中「便」基本用於「敘」，「就」基本用於「話」；「敘」基本用「便」，「話」基本用「就」的格局。

由於「敘」、「話」的全面而強大的影響，由於「敘」、「話」使用「便」、「就」和「便」、「就」用於「敘」、「話」差別明顯，界限分明，我們可以認爲，《紅》中的「便」已有了從口語詞到書面語詞的質的變化。

通過上面對兩個階段的分析，我們可以清楚的看出副詞「便」、「就」從《水》到《紅》的總的發展情況：《水》、《金》二書中的「敘」、「話」都是使用口語詞，而《紅》中的「敘」則基本使用書面語詞，「話」基本使用口語詞，「便」、「就」在《水》、《金》二書中都是口語詞，在《紅》中，「便」則降爲書面語詞、「就」處於獨佔口語詞的地位。

四、依據從「敘」、「話」角度得出的這種副詞「便」、「就」的發展趨勢，我們可以對上文出現的復升復降的現象作出合理的解釋。

不同的小說中，就不分「便」、「就」的總的副詞而言，用於「敘」、「話」的比例各不相同，三書的情況是：

《水》：「敘」65.45%　　　「話」34.55%

《金》：「敘」49.84%　　　「話」50.16%

《紅》：「敘」57.17%　　　「話」42.53%

《水》中和《紅》中，「敘」多於「話」，「金」中則「敘」略少於「話」。這種差別，完全是由小說的內容來決定的，與語言的發展沒有關係。

由於《紅》中的「敘」多於「話」，而「敘」又基本上使用「便」，再加上「話」中還使用一定數量的「便」（這是出於體現人物個性的需要），這樣，「便」的總次數自然要多，其所佔的百分比自然也就高於基本用於「話」的「就」，因而形成了籠統的數量百分比「便」的回升與「就」的復落現象。這種現象反映的倒退是假象，並不能反映副詞「便」、「就」繼續向前發展（出現書面語詞與

口語詞的差別）的真正趨勢。

　　五、最後，就三書副詞「便」、「就」的發展趨勢簡結一下：從《水》到《金》，是副詞「便」、「就」量的劇變時代，而從《金》到《紅》，則是「便」由口語詞降為書面語詞、「就」由充當口語詞的一員升為接近獨佔口語詞的質變時代。副詞「便」、「就」到《紅》時即已完成了由近代漢語到現代漢語的轉變。至於《紅》以後的繼續發展，則屬於現代漢語的範疇。

（原載《語言研究》1990 年第 2 期）

晚唐以來可能性動補結構中賓語位置的發展變化

　　關於近代漢語可能性動補結構中賓語位置的問題，諸賢已有論述。本文著眼於動態，進一步具體介紹這種結構中賓語的位置與條件，時代等方面的一些情況。

　　考慮到數據的完整性和可信性，本文選擇了晚唐以來幾部具有代表性的巨型白話著作進行考察，這些著作是：《祖堂集》、《五燈會元》、《朱子語類》、《水滸全傳》、《金瓶梅》與《紅樓夢》。〔註1〕它們大致反映的語言時代分別爲晚唐、宋〔註2〕、元末明初、明代中晚期和清初。

　　爲簡明起見，文中格式均以 V 代動詞，以 C 代結動詞，以 O 代賓語。下面分別介紹「V，得／不得」，「V，得／不得，C」和「V，得／不得，C_1，C_2」（以下均依次稱爲「動得式」、「單結式」、「雙結式」）這三種可能性動補結構的賓語位置的發展變化。

〔註 1〕 這些著作的版本是：《祖堂集》，臺灣中文出版社，1974 年再版；《五燈會元》，中
　　　　華書局，1984 年；《朱子語類》，中華書局，1986 年；《水滸全傳》，上海人民出版
　　　　社，1975 年；《金瓶梅》，齊魯書社，1987 年；《紅樓夢》，人民文學出版社，1982
　　　　年。上列諸書均依次簡稱爲《祖》、《五》、《朱》、《水》、《金》、《紅》。

〔註 2〕 《五》彙編於南宋，但保留了較多的北宋語言；《朱》大致反映了南宋語言。

一、「動得」式

帶賓語的「動得」式，各書有如下一些具體格式。

1、肯定式

（1）V 得 O

隱峰問：「只剗得這個，還剗得那個摩？」（祖·1.115）／佛法二字，如何辨得清濁？（五·299）／今區區小儒怎生出得他手？（朱·3018）／你若依的我三件事，便帶你去。（水·760）〔註3〕／如今急水發，怎麼下的槳？（金·550）／那丫頭實在是個有廉恥有心計兒的，又守得貧，耐得富。（紅·1287）

（2）VO 得

這自是好，如何廢這個得？（朱·2568）／如何迎敵得？（水·1363）

2、否定式

（1）不 V 得 O

只浴得這個，且不浴得那個。（五·1325～1326）／用舍是由在別人，不由得我；行藏由在那人，用舍亦由不得我。（朱·874）／若十日不獲得這件公事時，怕不先來請相公去沙門島走一遭。（水·198）／不值得甚麼！（金·69）／那婆子聽如此說，自不捨得出去。（紅·837）

（2）V 不得 O

一人有口，道不得姓字爲誰。（五·1118）／但是他做不得此事。（朱·1037）／這廝槍又近不得我，鞭又贏不得我。（水·962）／我心裡捨不得你。（金·905）／你們也管不得我，我也顧不得你們了。（紅·271）

（3）VO 不得

祖佛向這裡出頭不得，爲什麼卻以文殊爲主？（祖·4.19）／

〔註3〕《水》及以後諸書，「得」亦通作「的」。

趙州老漢瞞我不得。（五‧1372）／氣雖是理之所生，然既生出，則理管他不得。（朱‧71）／你那裏安他不得，卻推來與我。（水‧81）／善神日夜擁護，所以殺汝不得。（金‧886）／書雖替他不得，字卻替得的。（紅‧993）

在肯定式和否定式中，各種格式的百分比及出現次數如表一，表中數字無括號的為百分比，有括號的為次數，以下諸表均同。

表一

	肯定式		否定式		
	V 得 0	V0 得	不 V 得 0	V 不得 0	V0 不得
祖	100（125）				100（13）
五	100（344）		3.7（16）	1.8（2）	94.5（103）
朱	70.4（38）	29（16）	6.4（22）	10.5（36）	83.1（284）
水	99.7（309）	0.3（1）	4.9（9）	48.4（88）	46.7（85）
金	100（77）		1.3（3）	94.3（216）	4.4（10）
紅	100（105）		2.2（8）	97（435）	0.8（3）

從表一我們可能看出從《祖》到《紅》這段時期在表可能性的「動得」式中賓語位置發展變化的基本趨勢：

肯定式：大致可以說是從「V 得 0」到「V 得 0」（除《金》外），賓語都是置於「V 得」之後。當然《金》書曾出現過「V0 得」式，但這只能算是一次不影響主流的小的「干涉」，因為它所佔的百分比不大，並且存在的時期也不長；到《水》中，「V0 得」僅存一例，已是殘留。

否定式：情況則相反，是從「V0 不得」到「V 不得 0」，這是賓語由前置向後置的大轉移。

下面具體就各種格式談幾點不成熟的看法。

a、「V 得 0」和「V0 不得」在晚唐分別是肯定式和否定式的唯一格式，在宋代也是一對最主要的格式。就不帶賓語而言，「V 得」與「V 不得」是一對分別肯定和否定的相對稱的格式。按理而言，帶上賓語，應該一開始就是對稱的「V 得 0」與「V 不得 0」或者「V0 得」與「V0 不得」，可是，事實並非如此。

這說明「V 得 O」與「VO 不得」可能有不同的來源。太田辰夫先生在談到動詞後的「得」與「不得」的區別時有這樣一段論述:「置於動詞之後的『不得』表示不可能的比置於動詞之後的『得』表示可能的要用得早。這是因爲後助動詞的『不得』實際上是從助動詞轉化而來的,一開始就具有可能的意思(與之相反,由於後助動詞『得』是從『獲得』的意義的動詞發展而來的,轉變到可能的意思需要時間)。帶賓語的時候,古代是賓語置於『不得』的前面的。」〔註4〕太田辰夫先生的看法,對我們是很有啓發的。

b、否定形式既有了「VO 不得」,爲何又要出現「V 不得 O」並且後者終於取代了前者?這可能是由於語法類化的結果。一般來說,在有利於(而不是有損於)交際的前提下,語法要求越概括越好,越整齊越好。「V 得 O」和「VO 不得」雖然在肯定式和否定式兩個範圍內做到了高度的概括(即分別爲唯一格式),但在賓語的位置方面,兩者又極不對稱;對包括肯定和否定兩個方面的整個帶賓語的「動得」式來說,這種不對稱又顯得不夠概括。語法又要求能有更高層次的概括,即肯定式和否定式都採用同樣詞序的對稱格式。而類化便是實現進一步概括的一個途徑。至於類化中究竟誰「化」掉誰?這裡,「得」對動詞所具有的特強的黏附力起了決定作用。於是,「V 不得 O」應運而生,並一步一步地(這是語法漸變性的要求)「化」掉「VO 不得」。

c、既然否定式已出現「V 不得 O」而向肯定式類化,爲何肯定式又出現「VO 得」呢?這也可能是由於「VO 得」與「V 得 O」有著不是相同的來源所致。呂叔湘先生指出:「得字古時用於動詞之前,……而於詢問之辭,或離立於主文之後,自爲一讀,……其後乃連續上文,附麗於動詞之後,如今日之所見。」〔註5〕這向我們揭示了古漢語中助動詞「得」在詢問句中後置並逐步虛化這一重要的語言事實。虛化後的助詞「得」與動詞結合得緊密,帶賓語時自然成了後置式的「V 得 O」式。但是,這種後置的「得」也有尚未虛化的,並且它前面的「主文」還可以是動賓結構。在《祖》、《五》中,這種情況常可見到,如:

> 師兄離師左右,還得也無?(祖‧1.178)/ 且乞七日得不?

〔註4〕太田辰夫《中國語歷史文法》,北京大學出版社,1987年,第218頁。

〔註5〕呂叔湘《漢語語法論文集》,商務印書館,1984年,第132頁。

（祖·4.54～4.55）／思曰：「你去讓和尚處達書得否？」對曰：
「得。」（祖·1.150）／峰云：「我有同行在彼，付汝信子得摩？」
僧云：「得。」（祖·2.94）／師曰：「問一段義得麼？」曰：「得。」
（五·230）

這些句子的特點：一是問句，且有形成問句的助詞「還」、「也」、「無」、「不」、
「否」、「摩」、「麼」等；二是均爲是非問句，一般要求回答，而「得」往往可
以單獨作答。我們知道，助詞「得」是不能單獨使用的，而且它的前面不能有
其他助詞。因此上面例句中的「得」仍只能看作是尚未虛化的實詞。這類句子
不能看作「VO 得」，但是「VO 得」與這類句子有著直接的關係。如果這類句子
成爲不要求作答的反問句（「得」便無需單獨作答），並且前後也沒有形成是非
問句的助詞（孤零零的「得」勢必與前面的動賓結構投靠），這時的「得」可以
認爲是虛化的助詞了，整個結構也就成了「VO 得」。《朱》及《水》書中的「VO
得」就全是這類的反問句。同樣，由於「V 得 O」體現了「得」對動詞的特強
的黏附力，且已根深蒂固，來自異途的「VO 得」自然不是它的對手，因而「來
去匆匆」。

二、單結式

本文所說的動結式是廣義的，包括狹義的「動結式」與「動趨式」。這樣，
結動詞便包括了表結果的動詞（或形容詞）和表趨向的動詞（各書中，這兩類
動詞都有的，便各舉一例）。根據結動詞的數量，可分爲單結式和雙結式。先介
紹單結式。

1、肯定式

（1）V 得 CO

故包括得盡許多道理。（朱·1631）／得此本然之心，則皆推得
去無窮也。（朱·2540）／縣門前看的百姓，那裏忍得住笑。（水·
917）／星光下看得出路徑。（水·1217）／自古「算的著命，算不
著好。」（金·443）／怎生趕的上桂姐一半兒？（金·850）／那裏
料得定他後來的日子，不像我的今日。（紅·1178）／我們那裏比的
上他！（紅·534）

（2）VC 得 0

便自能感動得人也。（朱・1330）/劉以敬、上官義聽說，方才勒住得馬。（水・1265）/若是捉下得人時，那時送還令妹到貴莊。（水・627）/或嫁個小本經紀人家，養活得你來也罷。（金・1488）

（3）V 得 0C

驗得你骨出。（五・1293）/人若有氣魄，方做得事成。（朱・1243）/若注解上更看不出，卻如何看得聖人意出。（朱・440）/便是鐵石人，也勸得他轉。（水・64）/你作起神行法來，誰人趕得你上。（水・662）/死也死了，你沒的哭的他活！（金・945）/你拿甚麼骨禿肉兒拌的他過？（金・1184）

（4）V0 得 C

告子只去守個心得定，都不管外面事。（朱・1236）/原是獵戶出身，巴山度嶺得慣。（水・1358）/叔叔便吃口清湯，也放心得下。（水・281）

2、否定式

（1）V 不得 0C

若是宋江打不得祝家莊破，……情願自死於此地。（水・612）

（2）VC0 不得

雖做得聖人田地，也只放下這敬不得。（朱・126）

（3）V 不 C0

千人喚不回頭。（祖・224）/被人喚作拭不盡故紙。（五・914）/道不過雪竇，誓不歸鄉。（五・675）/韓子只說那一邊，湊不著這一邊。（朱・3273）/日即至其所，趕不上一度。（朱・13）/因此二次打不破那莊。（水・625）/蔡京等瞞不過天子。（水・1230）/只是感不盡大官人恁好情。（金・830）/不是這等說，我眼裡放不下砂子的人？（金・358）/學不成詩，還弄出病來呢？（紅・670）/你們看我還是那容不下人的？（紅・535）

（4）V0 不 C

其鬼使來太安寺裡，討主不見。（祖·4.36）／爲什摩無量劫遊普賢身中世界不遍？（祖·5.3）／只恐做手腳不迭。（五·885）／爲什麼抬頭不起？（五·1056）／這事物機關一下撥轉，便攔他不住。（朱·2795）／國初下江南，一年攻城不下。（朱·3042）／若是兄長苦苦相讓著，盧某安身不牢。（水·832）／只是林某放心不下。（水·97）／再搖也搖他不醒。（金·1277）／西門慶在家耽心不下。（金·712）如今管他們不著。（紅·266）／差不多的主子姑娘也跟他不上。（紅·213）

在肯定式與否定式中，各種格式的百分比及其出現次數如表二。

表二

	肯定式				否定式			
	V 得 C0	VC 得 0	V 得 0C	V0 得 C	V 不得 0C	VC0 不得	V 不 C0	V0 不 C
祖							50（4）	50（4）
五			100（12）				19.2（5）	80.8（21）
朱	7.1（23）	3.1（10）	89.5（290）	0.3（1）		3.3（6）	4.4（8）	92.3（169）
水	29.8（24）	6.2（5）	57.8（47）	6.2（5）	0.5（1）		23.8（47）	75.7（149）
金	70.5（16）	4.5（1）	25（5）				67.7（134）	32.3（64）
紅	100（56）						94.3（246）	5.7（15）

從表二可以看出單結式中賓語位置發展變化的一些情況。

a、就 0 與「得／不（得）」的位置而言，總的發展趨勢是與帶賓語的「動得」式相相吻合的，即：肯定式中，0 全部或幾乎全部在「得」之後；否定式中，0 則是由基本上在「不（得）」之前向幾乎全部在「不（得）」之後大轉移。這可能與帶賓語的單結式是在帶賓語的「動得」式基礎上增添了 C 有直接關係。

b、就 0 與 C 的位置而言，總的發展趨勢是肯定式和否定式都是由 0 在 C 前向 0 在 C 後轉移。

c、「得／不（得）」，C，0 這三種成分在 V 後的次序，總的發展趨勢是：「得」始終居於第一，「不（得）」總的是由第二躍居第一；C 總的是由第三上

升爲第二；0 則由肯定式的第二和否定式的第一退居爲第三。這些次序發展的結果，形成了《紅》中「V 得 C0」和「V 不 C0」兩個相對稱的單結式格式。

三、雙結式

雙結式中的兩個結動詞都是表示趨向的動詞：第一個可以多種多樣，第二個則限於「來」與「去」。

1、肯定式

（1）V 得 $C_1 0 C_2$

這麼著，我看天氣尚早，還趕得出城去，我就去了。（紅·1555）

（2）V 得 $0 C_1 C_2$

若不如此結聚，亦何由造化得萬物出來！（朱·2379）／沒酒時，如何使得手段出來？（水·353）／他若唱的我淚出來，我才算他好戲子。（金·964）

2、否定式

（1）V 不 $C_1 0 C_2$

救不出這幾個兄弟來，情願自死於此地。（水·612）／晚了，趕不下山去。（金·1348）／總繞不過彎兒來。（紅·1195）

（2）V0 不 $C_1 C_2$

一個大姐姐，這般當家立紀，也扶持你不過來。（金·1131）

在肯定式與否定式中，各種格式的百分比及其出現次數如表三。

表三

	肯定式		否定式	
	V 得 $C_1 0 C_2$	V 得 $0 C_1 C_2$	V 不 $C_1 0 C_2$	V0 不 $C_1 C_2$
祖				
五				
朱		100（32）		
水		100（3）	100（2）	
金		100（2）	197.2（35）	2.8（1）
紅	100（7）		100（55）	

從表三可知：雙結式出現頻率很低；格式比較單純；0 的位置，肯定式由在 C_1C_2 之前轉到了 C_1 與 C_2 之間，否定式則幾乎始終是在 C_1 與 C_2 之間，總的由開始的不對稱到最後對稱。

綜合上述，我們可以得出如下一些總的看法。

1、從晚唐到清前期的這段時期，可能性動補結構中賓語的位置，的確多種多樣，並且也有相當規模的變化。但是，這種多位置，不是簡單的前置與後置平分秋色的並存；這種變化，也不是清一色的前置向後置的轉移，而是既有時代層次，也有條件範圍，需要進行具體分析。

2、這種發展變化，總的說來，肯定式要小，基本上只體現於 0 與 C 的次序；否定式則很明顯，不僅體現於 0 與 C 的次序，而且也體現於 0 與「不（得）」的次序。

3、整個發展變化過程，可以說是肯定式與否定式的格式由不對稱到對稱的過程。

4、各種成分在 V 後的次序及其變化，反映了它們對 V 的黏附的強弱不一：「得」（不得）最強，其次爲 C（或 C_1），再次爲 0，最後是 C_2。

5、就時代而言，從各書出現格式的數量及其所佔的百分比來看，大體可以說，《朱》書前後爲各種格式興起的時期，《水》、《金》時代則爲由量變到質變的變化時期，到《紅》時已完成了向現代漢語的轉變。

（原載《古漢語研究》1992 年第 4 期）

從「沒有……以前」說起

對「沒有……以前」這種說法，曾有過爭論。攻之者說，於理不通，不合規範；辯之者曰，此乃約定俗成，自屬規範。後者雖然正確，但終因沒有拿出有力的歷史證據，對方並不心服口服。其實，「沒有……只前」這類說法，並非自今日始，至少也有一千多年的歷史。現僅以唐宋幾部著作爲證。

唐代後期的《祖堂集》（日本中文出版社 1972 年）中，便有「未……已（以）前」的說法，如：

> 有僧問落蒲：「一漚未發已前，如何弁其水？」（3.10）

> 未跨門以前，早共汝商量了。（2.100）

宋代的《五燈會元》（中華書局，1984 年）中也有「未……已前」的說法，如：

> 未升此座已前，盡大地人成佛已畢。（1156）

> 達磨未來東土已前，人人懷媚水之珠，個個抱荊山之璞。（1182）

南宋的《朱子語類》（中華書局 1986 年）中，除「未……以前」外，還有「未……之前」、「未……之先」一類的說法，如：

> 只今生人便自一半是神，一半是鬼了，但未死以前，則神爲主，
>
> 已死之後，則鬼爲主。（40）

> 心有體用。未發之前是心之體，已發之際乃心之用。（90）

未有爻畫之先，在《易》則渾然一理，在人則渾然一心。（1660）

三書中，此類用法，並非個別，更非罕見，均有數十例之多。如果爭論雙方，都能知道這種千百年來一直都在使用的語言歷史事實，就不會再對今天「沒有……以前」的規範不規範作反覆的爭論。

再如：重複用約數表數法（如「團長是大約三十歲上下的年輕幹部」）被某部大學教材（甘肅人民出版社 1983 年版的《現代漢語》）打入「數詞、量詞使用不當」之列，也是由於編著者不顧幾千年至今一直存在的語言事實所致。

要正確評價現有的語法研究成果。爭論者在承認這種千百年來能順利交際的語言事實是合理、規範的之前提下，不妨從語言規律方面，對此語言現象作深入的研究。爭論者既不能籠統地歸之於「約定俗成」，更不能簡單地斥之為「不合語法」；因為兩者的致命弱點，都是僅把現已歸納出的漢語語法作為衡量規範與否的唯一的絕對標準，殊不知，現有的語法研究成果都還只是對部分（而不是全部）語言現象的解釋，還有不少的語法規律等待人們去發掘。

（原載香港《語文建設通訊》1993 年第 40 期）

宋元以來的「和／連……」句

本文所談的「和／連……」句是指含有表示包括、強調義的介詞「和／連」的句子。

「和」「連」發展成為表示包括義的介詞出現於唐代,如「又被美人和枝折」〔註1〕「橫遭狂風吹,總即連根倒」〔註2〕;但用得很少,只能算是處於萌芽期。至於這兩個介詞進一步發展為表示強調義,時代自然要晚一些,當為宋代。現代漢語中,「連」字句是一種廣泛使用的句式。從宋代到清代前期的近千年間,「和／連……」句的發展情況(如使用頻率、兩種用途的比例、「和」與「連」的比例、用法方面的種種特點)怎樣,這需要我們去瞭解,去研究。這一時期的文獻資料很多,我們選擇了各個時代字數較多的七部著作進行考察。這七部著作及其反映的語言時代分別是:

(1)《五燈會元》〔註3〕:此書由《景德傳燈錄》(宋景德元年,公元 1004 年)、《天聖廣燈錄》(宋仁宗天聖七年,公元 1029 年)、《建中靖國續燈錄》(宋建中靖國元年,公元 1101 年)、《聯燈會要》(宋孝宗淳熙十年,公元 1183 年)和《嘉泰普燈錄》(宋甯宗嘉泰年間,公元 1201 年至 1204 年)這五部「燈錄」

〔註 1〕見《敦煌歌辭總編》,任半塘編著,上海古籍出版社,1987 年,第 610 頁。

〔註 2〕見《王梵志詩校輯》,張錫厚校輯,中華書局,1983 年,第 53 頁。

〔註 3〕《五燈會元》,南宋釋普濟著,中華書局,1984 年,976,000 字。文中簡稱《燈》。

各三十卷彙集而成〔註4〕，反映了北宋和南宋前期的語言。

（2）《朱子語類》〔註5〕：此書由黎靖德根據南宋甯宗嘉定八年（公元1215年）到度宗咸淳元年（公元1256年）間六種本子於咸淳六年（公元1270年）編撰出版的〔註6〕，反映了南宋後期的語言。

（3）《宋元小說話本集》〔註7〕：考慮到此書收編標準及版本紛呈等原因，可以認爲反映了元代及其稍前、稍後時代的語言。

（4）《水滸傳》〔註8〕：成書於明初，當反映元末明初的語言。

（5）《西遊記》〔註9〕：成書於明代嘉靖·萬曆年間，反映了明代後期的語言，帶有某些江淮方言色彩。

（6）《金瓶梅》〔註10〕：此書爲張竹坡批評本，大致能反映明代後期以及清初的語言，帶有某些山東方言色彩。

（7）《紅樓夢》〔註11〕：此書反映了清代前期的語言。此書反映了清代前期的語言。

本文首先介紹「和／連……」句的用途和各類的使用頻率，然後著重介紹有關用法的幾個特點，最後概括出發展的幾個階段及其主要特點。文中例句後的數字指出自該書的頁碼。

一、用途和使用頻率

（一）用途

1、表示包括：一般表示連及有關事物，也可表示包括某事物在內，統稱爲

〔註4〕見註3，第1413～1414頁。

〔註5〕《朱子語類》，宋黎靖德編，中華書局，1986年，2，300，000字。文中簡稱《朱》。

〔註6〕見《朱》卷一「朱子與朱子語類」部分第7頁。

〔註7〕《宋元小說話本集》，歐陽健、蕭相凱編訂，中州古籍出版社，1987年，595，000字。文中簡稱《話》。

〔註8〕《明容與堂刻水滸傳》，上海人民出版社，影印本，1975年，860，000字。文中簡稱《水》。

〔註9〕《西遊記》，人民文學出版社，1955年，844，000字。文中簡稱《西》。

〔註10〕《金瓶梅》，齊魯書社，1987年，1，026，000字。文中簡稱《金》。

〔註11〕《紅樓夢》，人民文學出版社，1982年，1，075，000字。文中簡稱《紅》。

包括類。

> 靈苗瑞草和根拔。（燈‧1117）

> 苦瓠連根苦。（燈1344）

> 譬如吃果子一般，先去其皮殼，然後食其肉，又更和那中間核子都咬破，始得。（朱415）

> 譬如一株草，劃去而留其根與連其根劃去，此個意思如何？（朱1116）

> 李募事寫了書貼，和票子做一封。（話100）

> 董超薛霸又添酒來，把林沖灌的醉了，和枷倒在一邊。（水八‧八）

> 柴進殺入東宮時，那金芝公主自縊身死，柴進見了，就連宮苑燒化。（水‧九九‧五）

> 連人和馬復又攝將進去不題。（西1055）

> 西門慶口口聲聲只要采出蠻囚來，和粉頭一條繩子，墩鎖在房裡。（金316）

> 連我只三四個人到。（金531）

> 只見襲人和衣睡在衾上。（紅293）

> 因叫鶯兒帶著幾個老婆子將這些東西連箱子送到園裡去。（紅949）

2、表示強調：強調突出有關事物，稱爲強調類。

> 被這一問，和我愁殺。（燈693）

> 連根猶帶苦。（燈943）

> 看武侯事蹟，儘有駁雜去處，然事雖未純，卻是王者之心。管仲連那心都不好。（朱1123）

> 他和禪識不得。（朱2961）

> 趕上，和官人性命不留。（話74）

> 連王留兒笑起來道……（話151）

> 和這蔡太師都瞞了。（水一〇〇‧四）

你去便去，不去時，連你捉了也。（水四七・六）

你連藥性也不知。（西 874）

到明日，連三官兒娘子不怕不屬了爹。（金 1228）

和胭脂膏子也等我來再製。（紅 136）

可憐赫赫甯府……連一個下人沒有。（紅 1470）

（二）使用頻率

在各書中，「和／連」總次數、各用途的次數以及其中「和」「連」次數如表 1。

表 1

	總次數			包括類			強調類		
	和	連	合計	和	連	合計	和	連	合計
《燈》	26	10	36	21	9	30	5	1	6
《朱》	52	23	75	4	4	8	48	19	67
《話》	20	37	57	7		7	13	37	50
《水》	40	47	87	31	36	67	9	11	20
《西》	1	101	102	1	47	48		54	54
《金》	1	123	124	1	42	43		81	81
《紅》	3	394	397	2	26	28	1	368	369

從表 1 可以看出三點：

（1）就「和／連」字句使用頻率而言：總的是呈上升趨勢，從《燈》到《紅》增加了 10 倍。這說明，晚唐萌芽的以介詞「和／連」為標誌的表示包括、強調的新句式，從宋代開始即已流行開來，並且越來越頻繁。漢語在句式豐富的發展途中又增添了一個新的成員。

（2）分別就「和」字句與「連」字句而言，總的趨勢是：由「和」「連」並用到「連」的一統天下。並用期由宋代的「和」多「連」少到元、明初的「和」少「連」多，一統期的「和」僅為殘存，不足 1%，而「連」佔 99%以上。這說明在明代後期「連」已取代了「和」。

（3）就「和／連」字句的用途來看，總的說來，是由包括類多強調類少到包括類少強調類多，反映了此種句式由包括類向強調類傾斜趨勢。至於各種用

途中使用「和」與「連」的比例，總的說來也和第（1）點「和／連」字句使用頻率的總趨勢相符合。

二、用法

關於「和／連……」句的用法，準備談五個方面的問題：「和／連」的賓語、「和／連」的特殊格式、「和／連……」句謂語帶呼應副詞、「和／連……」句謂語動詞的賓語和「和／連……」句的主語。

（一）「和／連」的賓語

介詞「和」的賓語全部是名詞語或代詞。

介詞「連」的賓語主要是名詞語或代詞，此外，還有少數動詞語、數量詞語和小句。

1、「連＋動詞語」

（1）強調類：只見於《水》（2 例）、《金》（2 例）和《紅》（7 例）。可以是肯定式：

> 今人連寫也自厭煩了。（朱 171）

> 若不肯行，張家連傾家孝順也都情願。（紅 205～206）

> 妹妹越發能幹了，連剪裁都會了。（紅 392）

也可以是否定式，其中多數是謂語動詞與「連」後的動詞相同：

> 連睡也不得睡。（金 926）

> 連唱也不用心唱了。（金 666）

> 死了連祭都不能祭一祭。（紅 1454）

> 連跑也跑不動了。（紅 1534）

> 現在連起坐都不能了。（紅 1379）

> 不但沒有說起你，連見了我也不像先時親熱。（紅 1379）

現代漢語中，此種格式的謂語一般只限於否定式。

（2）包括類：採用「連 V_1 帶 V_2」格式，見下文。

2、「連＋數量詞語」

只用於強調類。僅見於《西》（1 例）、《紅》（30 例）。一般是數詞（限於「一

或「半」）和量詞；有的是省去數詞光有量詞；有的是省去量詞光有數詞。謂語絕大多數爲否定式：

> 連一個生身之母尚不得見，我一個和尚，欲見何由？（西 474）

> 我連一個字兒也不知道。（紅 1415）

> 怎麼近來連一句好好兒的話都不和我說了？（紅 1558）

> 且是連一點剛性也沒有。（紅 482）

> 連半個錢也沒見過。（紅 1392）

> 連個好歹也不知。（紅 513）

> 越發連個體統都沒了。（紅 904）

> 連一笑話也不能說，何況別的！（紅 1077）

少數爲肯定式：

> 到底是寶玉孝順我，連一枝花兒也想的到。（紅 508）

> 愛惜東西，連個線頭兒都是好的。（紅 483）

現代漢語中，此類格式的謂語一般限於否定式。

3、「連＋小句」

只見於《紅》，且數量極少。這類「連」的賓語，不是單純的名（代）詞語或動詞語，而是整個名（代）詞語和動詞語結合成的小句。這類句子都是強調類。

> 若是有了奇句，連平仄虛實不對都使得的。（紅 664）

> 連我知道他的性格，還時常衝撞了他。（紅 1105）

> 連太太在家我們還拿過。（紅 860）

> 方才連寶姐姐林妹妹大夥兒說情，老太太還不依，何況我是一個人！（紅 1039）

第一例中的「連」強調的是整個小句「平仄虛實不對」，而不僅僅是「平仄虛實」或者「不對」。其他各例亦應作如是解。

現代漢語中，作「連」的賓語的小句，一般都是由疑問代詞或不定數詞構成，這在《紅》中還沒有發現。

（二）「和／連」的特殊格式

「和／連」字句一般只是一個單純的「和／連……」結構，也就是說，介詞結構中只用一個介詞「和」或「連」；但也有少數是兩個介賓結構或者一個介賓和一個動賓結構聯合組成，我們稱這種結構爲特殊格式。這種格式只用於包括類。

1、「介₁……介₂……」式

兩個介詞的賓語都是名（代）詞語。可以是「和」或「連」連用，也可以是「和」與「連」配用。

（1）「和……和……」：只見於《話》（1次）。

> 見被蓋著個人在那裏睡，和被和人，兩下斧頭，砍做三段。（話467）

（2）「連……連……」：見於《金》（1次），《紅》（3次）。

> 請請何大人娘子。連周守備娘子、荊南岡娘子、張親家母、雲二哥娘子，連王三官兒母親和大妗子、崔親家母，這幾位都會會。（金1251）

> 包管明兒連車連東西一併送來。（紅1318）

（3）「和……連……」：見於《水》（7次）。

> 早把祝虎和人連馬搠翻在地。（水五〇·七）

> 把董平和槍連臂膊只一拖，卻拖不動。（水七〇·六）

（4）「連……和……」：見於《水》（10次）、《西》（1次）。

> 將張清連人和馬都趕下水去了。（水七〇·八）

> 連人和馬，復又攝將進去不題。（西1055）

2、「介……V……」式

介詞只有「連」，動詞只有「帶」。「連」與「帶」的賓語有兩種：

（1）名（代）詞語：見於《水》、《西》、《金》、《紅》四書：

> 將那樹連枝帶葉劈臉打將下來。（水二三·九）

> 把行者連頭帶足，合在金鐃之內。（西831）

> 叫趙裁縫來，連大姐帶你，四個每人都裁三件。（金611）

連藥帶痰都吐了出來。（紅1214）

（2）動詞語：指包括同時進行的兩類動作。零星地見於《西》（1次）、《金》（1次）、《紅》（2次）：

八戒聞言，不論好歹，一頓釘鈀，三五長嘴，連拱帶築，把兩

顆臘梅、丹桂、老杏、楓楊俱揮倒在地。（西827）

幾句連搭帶罵，罵得子虛閉口無言。（金220）

司棋連說帶罵，鬧了一回。（紅856）

因此將他二人連罵帶說教訓了一頓。（紅416）

（三）「和／連……」句謂語部分帶呼應副詞

1、帶與不帶呼應副詞的比較

「和／連……」句謂語部分，有的帶與「和／連……」結構相呼應的副詞，有的則不帶（「不帶」的例句見前面講用途的部分）。現將各書有關數字（括號內為次數，括號外為百分比）列成表2：

表2

	包括類		強調類		兩類合計	
	不帶	帶	不帶	帶	不帶	帶
《燈》	96.7（29）	3.3（1）	83.3（5）	16.7（1）	94.4（34）	5.6（2）
《朱》	25（2）	75（6）	7.5（5）	92.5（62）	9.3（7）	90.7（68）
《話》	100（7）		22（11）	78（39）	31.6（18）	68.4（39）
《水》	81.2（39）	18.8（9）	15（3）	85（17）	61.8（42）	38.2（26）
《西》	79.2（38）	20.8（10）	16.7（9）	83.3（45）	46.1（47）	53.9（55）
《金》	79.1（34）	20.9（9）	3.8（3）	96.2（78）	29.8（37）	70.2（87）
《紅》	78.6（22）	21.4（6）	15.6（58）	84.4（311）	20.2（80）	79.8（317）

從表2可以看出各種發展趨勢：

就不分用途的「兩類合計」而言：「和／連……」句謂語部分是否帶呼應副詞的總的趨勢是：「不帶」呈高→低→高→低，「帶」則呈低→高→低→高的波浪式。但這種趨勢還不能很好地說明問題，因為它不能如實地反映兩類用途「帶」與「不帶」的發展趨勢。因此還必須進一步按用途來考察。

　　包括類總的趨勢是：除《朱》外（但次數很少）是「不帶」始終佔很大的優勢，而「帶」都只是佔少數。這是因為此類只是介紹出連帶包括的事物，一般不需要在謂語部分再用與之呼應的副詞。

　　強調類則不同，總的趨勢是：「不帶」由多到少，「帶」則由少到多。這表明強調類越來越需要呼應的副詞。

2、謂語部分所帶的呼應副詞

　　「和／連……」句謂語部分使用的呼應副詞有三大類，即「都」類、「也」類和「還」類。各類都有不止一個的具體的副詞，各類副詞的意義也不完全相等，包括類和強調類使用的副詞也不全相同。

　　（1）「都」類

　　此類包括「都」、「皆」、「俱」、「通」、「通皆」、「多」。有兩個意義：甲，表示總括全部；乙，表示強調突出。

　　包括類「和／連……」句用的是甲義：

　　　　這一句又包得大，連那上三句都包在裡面。（朱 1563）

　　　　便把好底和根都劃去了。（朱 1444）

　　　　口裡說道，要去梁山泊叫千百個人來打這二龍山，和你這近村坊都洗蕩了。（水一七・九）

　　　　一個喚做丁得孫，面頰連項都有疤痕。（水七〇・一）

　　　　把那廝連玉華王子都擒來替你出氣。（西 1135）

　　　　這分家私連刁氏都是我情受的。（金 691）

　　　　闔家子連太太、寶玉都有了不是。（紅 649）

　　　　此不是，則和前面皆不是。（燈 1264）

　　　　大聖一隻手撐持不得，又被他一鉤鉤著腳，扯了個躘踵，連井索通跌下井去了。（西 687）

　　　　把他四眾連馬並經，通皆落水。（西 1247）

　　強調類「和／連……」句用的是乙義：

　　　　天地則和這個都無。（朱 1866）

　　　　這個連體都不是。（朱 1313）

尋到瑞仙亭上，和相如都不見。（話264）

兩下你扯我卻，各不肯相受，連眾人都沒主意。（話782）

和這蔡太師都瞞了。（水一○○·四）

那人自來連我們都怪。（水三七·一六）

我這葫蘆，連天都裝在裡面哩。（西429）

越發晝夜哭啼不止，連飲食都減了。（金880）

連我的包袱都打開了，還說沒翻。（紅1056）

雖爲禪，亦是蹉了蹊徑，置此心於別處，和一身皆不管，故喜
怒任意。（朱3028）

這一百日內，連院門前皆不許到，只在房中頑笑。（紅1146）

今日林黛玉之命薄，一併連孀母弱弟俱無。（紅474）

如何而今說是做官的，連名字多不是了。（話625）

（2）「也」類

此類詞包括「也」和「亦」，表示強調突出某事之意，故不適用於包括類，
只用於強調類。

若專守虛靜，此乃釋老之謬學，將來和怒也無了。（朱772）

只他連這個也無，所以無進處。（朱2775）

和王吉也吃一驚。（話68）

我若輕輕說出來，連你也吃一個大驚。（話794）

和那店小二也驚的呆了。（水三·一一）

怪得今日連我的這腿也收不住。（水五三·四）

這夯貨大睜著兩個眼，連自家人也認不得！（西413）

連你也叫他淫婦來了。（金326）

不知胡說了什麼，連自己也不知道。（紅475）

在學者事到積習熟時，即和禮亦不見矣。（朱2492）

他連那地下亦是天。（朱395）

就連金榮亦是當日的好朋友。（紅139）

（3）「還」類

此類詞包括「還」、「尚」、「尚且」。

「還」在唐時已作副詞表示動作情況不變的意思，以後又發展成表示強調突出某事的意思。包括類不用「還」。「還」不見於「和」字句，只見於時代晚的作品，《西》、《金》中仍屬個別，《紅》中則廣泛使用。謂語帶「還」的「連」字句，多數用作遞進句的第一小句，作陪襯，後一小句作出推論。如：

> 熙鳳笑道：「我們王家的人，連我還不中你們的意，何況奴才呢！」（紅1028）

> 我慌張的很，連扇子還跌斷了，那裏還配打發吃果子！（紅434）

> 連他哥哥嫂子還如是，別人又作什麼呢！（紅1038）

> 據你說來，連你自己屋裡的事還不知道，那些家中上下的事更不知道了。（紅1467）

> 那起小人眼饞肚飽，連沒縫兒的雞蛋還要下蛆呢，如今有了這個因由，恐怕又造出些沒天理的話來也定不得。（紅1047）

有時結論結果句置於第一小句，「連」字句置於第二小句，其作用是舉極端的例子進一步證明前一小句結論之正確或結果之必然。如：

> 我那裏比得上秋菱，連他腳底下的泥我還跟不上呢！（紅1201）

> 你怎麼能知道呢，這個事連太太和姨太太還不知道呢！（紅1415）

有時結論或結果小句雖不出現，但已暗含在言外之意中，如：

> 我原是久已出了名的賢人，連這一點子好名兒我還不會買來不成！（紅1106～1107）

有些「連」字句並非用於遞進句，此時則單純表示強調突出，如：

> 嗳喲，奶奶不知道，我們姑娘的學問連我們姨老爺時常還誇呢。（紅1149）

> 別說這個，有一年連草根子還沒了的日子還有呢。（紅854）

> 你只知道玫瑰和茯苓霜兩件，乃因人而及物。若非因人，你連這兩件還有知道呢。（紅869）

「尚」、「尚且」用得極少：

連一個生身之母尚不得見，我一個和尚，欲見何由？（西 474）

連我這兩間房子，尚且不夠你還人。（金 291）

他自恃是邢夫人陪房，連王夫人尚另眼看待，何況別個！（紅 1056）

各書「和／連……」句謂語使用呼應副詞的情況如表 3。

表 3

	包括類				強調類								
	「都」類				「也」類		「都」類				「還」類		
	都	皆	通	通皆	也	亦	都	皆	俱	多	還	尚	尚且
《燈》		1											
《朱》	6				26	5	25	6					
《話》					24		14			1			
《水》	9				6		11						
《西》	7		2	1	24		20					1	
《金》	9				47								1
《紅》	6				162	7	91	5	2		44	1	

從表 3 可以看出：

（1）三類副詞中各有一個最基本的詞，如「都」、「也」、「還」。這些都是近代漢語新起的口語詞，也是現代漢語主要使用的詞；而其他各詞（包括歷史悠久的、方言的）用得極少，現代漢語也是罕見於書面語。

（2）到《紅》時，由於「還」的廣泛使用，「連」字句謂語呼應副詞類別已經齊備，完全進入了現代漢語。

（3）包括類只使用「都」類，且為表總括全部之義。強調類三類副詞都使用（其中「都」類只用其表強調突出之義）。「都」「也」兩類和部分「還」用法上沒有什麼區別，一般可以通用；「連」字句用於遞進句時，則一般只用「還」。

（四）謂語動詞的賓語

「和／連……」句的謂語動詞，絕大多數都不帶賓語，帶賓語的只是少數（《燈》2 次，《朱》2 次，《話》8 次，《水》5 次，《西》13 次，《金》23 次，《紅》66 次）。下面從介詞「和／連」的賓語為謂語動詞所表動作的受事與非受事兩方面來考察。

1、「和／連」賓語為受事

此類句子，既然介詞「和／連」的賓語是謂語動詞所表動作的受事，一般情況下，謂語動詞是不再帶賓語的；帶賓語的只有如下幾種情況：

（1）謂語動詞為帶雙賓語的，介詞賓語為其直接受事，動詞賓語為其間接受事。如：

> 你去說我老孫的名字，他必然做個人情，或者連井都送我也。

（西 684）

> 這二十盆，就連盆都送與我了。（金 909）

> 又封了二十兩折節禮銀子，連書交付來保。（金 755）

> 太太連房子賞了人。（紅 773）

（2）動詞賓語是「和／連」賓語所表事物的一部分。如：

> 舉鈀照門就築，忽辣的一聲，將那石崖連門築倒了一邊。（西 786）

> 連他屋裡的事都駁了兩三件。（紅 848～849）

（3）動詞賓語是「和／連」賓語所表事物經謂語動詞所表動作而造成的結果。如：

> 便好和煙畫作圖。（燈 693）

> 連那道冠兒劈做兩半。（水 53.13）

> 或者連那圈子燒成灰燼。（西 659）

> 然後連皮帶骨一概都化成一股灰。（紅 806）

（4）動詞賓語為代詞，復指「和／連」賓語。如：

> 連馬一火焚之。（西 206）

> 他把我的馬，連鞍轡一口吞之。（西 197）

墜兒很懶，寶二爺當面使他，他撇嘴兒不動，連襲人使他，他背後罵他。（紅732）

2、「和／連」賓語為非受事

這類句子有兩種情況：

（1）「和／連」賓語是謂語動詞所表動作的施事，動詞賓語則為受事。如：

事到其間，連我也做不得主。（話814）

連你這奴才每也欺負我起來了。（金1369）

連他家還看不起我們。（紅1023）

（2）「和／連」賓語對謂語動詞所表動作來說，無所謂施事與受事。這類謂語動詞都是「是」、「有」、「無」之類。如：

要之，他連那地下亦是天。（朱395）

和「敬」字也沒安頓處。（朱834）

連我身子也是別人的了。（話767）

豈不連我也沒了體面！（話797）

那滿堂紅原是熟鐵打造的，連柄有八九十斤。（西383）

連轎子錢就是四錢銀子。（金857）

連幾房人家，也只有二三十口。（金1088）

連雀兒也是尊貴的。（紅566）

闔家子連太太寶玉都有了不是。（紅649）

「和／連……」句謂語動詞帶賓語（特別是第1類「和／連」賓語為受事）是句子成分調整以靈活地滿足多種多樣交際需要的一種表現。

（五）「和／連……」句的主語

我們不能同意「『連』後的名詞可以是主語，也可以是前置賓語或其他成分」﹝註12﹞的說法，理由有兩點：一是它忽視了介詞的語法特點，即介詞不能單獨使用，必須後帶賓語組成介詞詞組，然後以整個介詞詞組去充當句子成

﹝註12﹞見呂1981年，第325頁。

分，如果把介詞後的名詞分析成句子的主語或前置賓語，勢必架空了介詞；一是混淆了主語・賓語與施事・受事的區別，前者屬語法範疇，後者屬意義範疇。介詞後的名詞，對謂語動詞來說，可以是施事，可以是受事，也可以是非施事受事；但在語法上，只能是介詞的賓語。

這裡談的主語，是指語法上的主語。

各書中，「和／連……」句絕大多數是主語根據語境省略或無需說出，無法說出，只是少數出現主語。主語多數在「和／連……」之前：

> 聖人和人我都無。（朱 922）

> 管仲連那心都不好。（朱 1123）

> 陳達和槍攛入懷裡來。（水二・一九）

> 我等連山洞盡屬他人矣。（西 25）

> 他連我也瞞了。（金 1009）

> 晴雯連襪也忘了。（紅 896）

只有少數是主語位於「和／連……」之後：

> 遂連季氏喚醒，夫子亦便休。（朱 1182）

> 連罐兒他老人家都收在房裡。（金 1040）

> 連那些衣服我還沒穿遍呢，又做什麼！（紅 476）

> 連我們兩個所知所能的，你還不知不能呢。（紅 310）

「和／連……」句出現主語是出於準確交際（主要是避免歧義）的需要，是這種新的句式朝著精確化，嚴密化方向進一步完善的表現。

三、發展階段

綜合上述，我們可以把宋元以來「和／連……」句的發展分為如下幾個特點相當明顯的階段。

（一）初期（北宋和南宋前期）

「和／連……」句開始流行，使用次數還不太多；包括類多於強調類；「和」字句多於「連」字句（南宋後期亦如此）；謂語部分不帶呼應副詞；句子結構簡單。

（二）中期（南宋後期至明代前期）

「和／連……」句盛行，使用次數增多；包括類已少於強調類（以後至今一直如此）；「和」字句已少於「連」字句；謂語部分已帶呼應副詞（「都」「也」兩類）：句子結構開始複雜，介詞可帶動詞作賓語、「和／連」特殊格式出現，謂語動詞帶賓語、主語出現於「和／連……」之前。

（三）現代期（明代後期至清代前期）

「連」字句已廣泛使用；「和」字句消失而「連」字句獨佔天下；謂語部分多帶呼應副詞，副詞除「都」、「也」兩類外，還較多地使用「還」類；句子普遍複雜起來，越來越靈活多樣。「連」字句正式進入現代漢語。

參考書目

1. 王力：《漢語史稿》（中冊），科學出版社，1958 年。

2. 楊伯峻、何樂士：《古漢語語法及其發展》，語文出版社，1992 年。

3. 劉堅：《試論「和」字的發展》，附論「共」字和「連」字，《中國語文》，1989 年第 6 期。

4. 太田辰夫著，蔣紹愚、徐昌華譯：《中國語歷史文法》，北京大學出版社，1987 年。

5. 香阪順一著，植田均譯，李思明校：《水滸詞匯研究·虛詞部分》，文津出版社，1992 年。

6. 呂叔湘主編：《現代漢語八百詞》，商務印書館，1981 年。

（原載《語言研究》1996 年第 1 期）

晚唐以來的比擬助詞體系

　　上古和中古漢語，在表類似比擬時，偶而使用「然」、「馨」等比擬助詞，但使用頻率極低，形式、功能也單一，還未形成一個具有普遍意義的比擬助詞體系。比擬助詞眞正形成一個體系並廣泛使用是在近代漢語時期。本文主要介紹從晚唐到清初這一時期比擬助詞的使用情況和發展趨勢，同時還對與此有關的三個問題談些看法。

　　本文依據的言語資料是這一時期九部影響大、篇幅長的著作〔註1〕。《敦煌變文集》、《祖堂集》反映晚唐語言；《五燈會元》、《朱子語類》反映宋代語言；《宋元小說話本集》和《元曲選》，考慮到版本諸因素，可以認爲大致反映元代及明初語言；《水滸傳》、《金瓶梅》分別反映明代前期和後期語言（後者由於版本關係，可能夾有某些清代前期語言）；《紅樓夢》則反映清代前期的語言。上述資料共 700 多萬字，這樣可以盡可能地減少偶然性。

〔註 1〕　《敦煌變文集》，人民文學出版社，1957 年。《祖堂集》，中文出版社，1972 年。《五燈會元》，中華書局，1964 年。《朱子語類》，中華書局，1986 年。《宋元小說話本集）》，中州古籍出版社，1987 年。《元曲選》，中華書局，1985 年。《水滸傳》，人民文學出版社，1975 年。《金瓶梅》，齊魯書社，1987 年。《紅樓夢》，人民文學出版社，1987 年。爲節省篇幅，行文中各書依次簡稱爲《變》、《祖》、《燈》、《朱》、《話》、《曲》、《水》、《金》、《紅》。

這一時期比擬助詞體系分兩大系:「似」系和「般」系。「似」系先後有「相似」、「也相似」、「也似」、「似」、「也似的」、「也似價」、「似的」、「也是」、「也是的」、「是的」等詞,「般」系先後有「一般」、「般」、「一樣」等詞。

比擬助詞附在與比擬有關的實詞語之後組成比擬結構,然後整個比擬結構充當句子的成分。這裡所說的「與比擬有關的實詞語」包括比擬動詞和比擬客體。比擬動詞有「如」、「似」、「猶」、「猶如」、「如同」、「若」、「有若」、「像(相)」、「是」、「爲」、「作(做)」等;至於「恰如」、「一似」、「便似」之類,不宜看成一個詞,而應看作狀動詞組,其中「恰」、「一」、「便」是副詞。比擬客體可以是名詞語、動詞語、主謂詞組等。比擬結構的格式有兩種:a、全式:比擬動詞・比擬客體十比擬助詞;b、簡式:比擬客體十比擬助詞。

一、各時代例書比擬助詞的使用情況

(一)晚唐宋代

《敦煌變文集》:只有「似」系的「相似」〔3〕〔註2〕,用全式,作謂語。如:

> ……狀如豹雷相似。168 / 鼓叟打舜子,……上界帝釋知委,……方便與舜,猶如不打相似。131

《祖堂集》:基本上是「似」系的「相似」〔19〕,個別爲「般」系的「一般」〔2〕。均用全式,作謂語。如:

> 生死發如門開闔相似。6.2 / ……猶如雲開日出相似。4.61 / ……恰似漆村裡土地相似。2.92 / ……亦如樹果一般。3.127

《五燈會元》:只用「似」系的「相似」〔44〕。基本上用全式〔37〕,作謂語;少數用簡式〔7〕,作狀語。如:

> ……如雲開日出相似。133～134 / ……一似十七八歲狀元相似。1088 / ……有若頑石相似。1237 / ……便是屎上青蠅相似。925 / 莫作等閒相似。393 / 爛東瓜相似變將去。395

《朱子語類》:以「似」系(「相似」)爲主〔282〕,「般」系(「一般」)爲次〔107〕。均用全式,作謂語。如:

〔註2〕〔　〕號內數字均指出現次數。

> 大率是半明半晦，……如晝夜相似。597 ／ 他說話，恰似個獅子
> 跳躍相似。1296 ／「人謀鬼謀」，猶《洪範》之謀及卜筮、卿士、庶
> 人相似。1963 ／「知天地之化有」，則是自知得飽相似。1596 ／ 此五
> 者爲五個大椿相似。2845 ／ 自生而至熟，正如寫字一般。958 ／……
> 卻似不曾言一般。1580 ／……便是殺人底人一般。1227

這一時期比擬助詞使用的主要情況是：

（1）使用頻率

總的來講是由低到高：晚唐北宋極少（《變》3 次，《祖》21 次，《燈》44
次），南宋較爲普遍（《朱》389 次，自然需考慮此書 200 多萬字特大篇幅的因
素）。

（2）兩系助詞的比重

「似」系由一統到絕大多數，「般」系則處於萌芽、少數階段。各書中「似」、
「般」二系所佔的百分比爲：《變》100：0，《祖》90.5：9.5，《燈》100：0，《朱》
72.5：27.5。

（3）用詞與重點詞

各系都單一：「似」系只有「相似」，「般」系只有「一般」。由於兩系都只
一詞，自然也都是重點詞或無所謂重點詞與非重點詞。

（4）格式與功能

都比較簡單：《變》、《祖》、《朱》三書都只用全式，且只作謂語；《燈》絕
大多數（84.1%）用全式，作謂語，少數（15.9%）用簡式，作狀語。

（二）元明時代

《宋元小說話本集》：以「似」系爲次〔21〕，「般」系爲主〔35〕。

「似」系有「相似」〔7〕和「也似」〔14〕2 詞。「相似」用全式，作謂語；
「也似」用簡式，作狀語和定語。如：

> 吹得那燈花左旋右轉，如一粒火珠相似。1 ／ 看時卻是人頭、人
> 腳、小手掛在屋簷上，一似鬧竿兒相似。467 ／ 只見江心裡一隻船飛
> 也似來得快。96 ／ 一個觀音也似女兒。311

「般」系有「一般」〔29〕和「般」〔6〕2 詞。「一般」用全式，作謂語、

狀語和補語;「般」多用全式,作補語和定語,少數用簡式,作定語。如:

> 身如炭火一般。331 / ……卻似勾去了魂靈一般。639 / 看看家
> 中,猶如牢獄一般。639 / 這清一如自生的女一般看待。656 / 把兩
> 邊人都弄得如耍戲一般。153 / 旋得像碗兒般大一個火球。1 / 走一
> 個十五六歲花朵般多情女兒出來。207

《元曲選》:「似」系〔88〕和「般」系〔95〕大致相當。

「似」系有4詞:「相似」〔9〕全式作謂語,簡式作補語;「也似」〔60〕全式和簡式均作狀語;「也似的」〔6〕用全式,作謂語;「似」〔13〕用簡式,作狀語和定語。如:

> 我擒項羽如嬰兒相似。71 / 你見俺雄兵圍的鐵桶相似。1172 /
> 恰便是黑海也似難覓尋。194 / 則我那珍珠豌豆也似圓。409 / 你這
> 破房子,恰似漏星堂也似的。867 / 這殺人刀門扇似闊。1283 / 遮莫
> 他板門似手掌兒也掩不得俺這叫屈的口。396

「般」系有2詞:「一般」〔39〕用全式,作謂語、狀語和補語;「般」〔56〕全式作狀語,簡式作定語。如:

> 你背後常說我似觀音一般。1128 / 那救彭越之事,如救火一般。
> 1293 / 功名二字,如同那百尺高竿上調把戲一般,性命不保。779
> / 瑞雪般肌膚,曉花般豐韻,楊柳般腰肢。765～766

《水滸傳》:「似」系〔83〕和「般」系〔71〕大致相當。

「似」系有5詞:「相似」〔22〕多用全式,作謂語,少數用簡式,作謂語和補語;「也相似」〔1〕簡式,作定語;「也似」〔56〕簡式作狀語和定語;「也似價」〔1〕、「似」〔3〕均用簡式,作狀語。如:

> 伸手不見掌,如黑暗地獄相似。1190 / 這腳似有人在下面推的
> 相似。736 / 一對拳頭,攛梭相似。617 / 裏的鐵桶相似。1155 / 花
> 糕也相似好肥肉。188 / 那匹戰馬撥風也似去了。32 / 面皮蠟查也似
> 黃了。340 / 渾身雪練也似一身白肉。505 / 雪練也似價白。832 / 把
> 一條棒使得風車兒似轉。25 / 這般火似熱的天氣。202

「般」系有2詞:「一般」〔58〕多用全式,作謂語和狀語,少數用簡式,

作狀語和定語；「般」〔13〕全式作狀語，簡式作狀語和定語。如：

> 就便殺人，正如砍瓜切菜一般。1173 ／一雙眼恰似賊一般。56
> ／城上箭如雨點一般射下來。1267 ／擺得似麻林一般。37 ／打得火
> 塊一般熱。267 ／你是個賣肉操刀屠户，狗一般的人。47 ／雁翅一般
> 橫殺將來。267 ／把我一似小孩兒般捉弄。278 ／雁翅般排將來。1158
> ／當初若不是賢弟擔那血海般干係，……573

《金瓶梅》：「似」系〔64〕少而「般」系〔150〕多。

「似」系有 8 詞：「相似」〔18〕全式作謂語，簡式作補語；「也似」〔29〕個別用全式，作謂語，基本上用簡式，作狀語和補語；「也似的」〔1〕用簡式，作補語；「似」〔3〕用簡式，作狀語；「似的」〔2〕用簡式，作謂語和狀語；「也是」、「也是的」、「是的」為數極少，均用簡式。如：

> 那貴四在席上終是坐不住，去了又不好，如坐針氈相似。543
> ／一見心中猶如刀割相似。878 ／……有若春風相似。589 ／西門慶
> 見他胳膊兒瘦得銀條相似。923 ／兩個耳朵似竹簽兒也似。912 ／眞
> 個是布機也似針線。71 ／插燭也似磕了四個頭。1273 ／生的燈上人
> 兒也似。1250 ／把漢子調唆的生根也似的。864 ／油似滑的言語。34
> ／逗猴兒似湯那幾棍兒。1137 ／如何狗攛了臉似的？682 ／指頭似的
> 少了一個。1136 ／撈的殺豬也是叫。651 ／大小官兒，怎的號啕痛也
> 是的？1215 ／他和小廝兩個，……捏殺蠅兒子是的。528

「般」系有 2 詞：「一般」〔133〕多數用全式，作謂語、狀語和補語，少數用簡式，作狀語、定語和謂語；「般」〔17〕少數用全式，作狀語，多數用簡式，作狀語和定語。如：

> 一個漢子的心如同沒籠頭的馬一般。1194 ／聲若牛吼一般。
> 1289 ／姐夫就是我的親兒一般。1288 ／……恰相我哄你一般。650
> ／如臭屎一般丟著他。1370 ／打扮的如瓊林玉樹一般。1093 ／越發
> 心中攛上把火一般。861 ／騎上馬雲飛一般去了。1186 ／神仙一般的
> 好手段。71 ／打得敬濟鯽魚般跳。707 ／花朵兒般身子。188 ／兩個
> 打得一似火炭般熱。1544

這一時期比擬助詞使用的主要情況是：

（1）使用頻率

《話》56 次，《曲》183 次，《水》154 次，《金》214 次。按各書篇幅大小來看，可以說比擬助詞使用越來越普遍。

（2）兩系助詞的比重

總的來說，「似」系佔少數，「般」系佔多數。「似」、「般」兩系所佔的百分比各書依次是：《話》37.5：62.5，《曲》48.1：51.9，《水》53.9：46.1，《金》29.9：70.1。

（3）用詞與重點詞

各系用詞增多且各有重點詞。「似」系用詞各書依次爲 2 詞、4 詞、5 詞和 8 詞，「般」系用詞各書均爲 2 詞。各系重點詞亦很明顯：「似」系重點詞爲「也似」（《話》66.7%，《曲》77.3%，《水》65.4%，《金》47%），次重點詞爲「相似」（各書依次爲 33.3%、11.6%、25.3%、30%）；「般」系重點詞爲「一般」（各書依次爲 82.9%、41.1%、81.7%、95%）。

（4）格式與功能

較上一時期普遍增多：「般」系各詞和「似」系重點詞，既可用全式，又可用簡式，「似」系其他詞一般只用簡式；各系全式一般都作謂語，極個別作狀語、補語和定語，簡式則一般作狀語、補語和定語，極個別作謂語。

（三）清代前期

《紅樓夢》中，「似」系爲少數〔86〕，「般」系爲多數〔139〕。

「似」系有 3 詞：「也似」〔3〕、「也似的」〔1〕均只用簡式，作狀語；「似的」〔82〕，全式作謂語、狀語和補語，簡式作定語、狀語和補語。如：

> 飛也似去了。263／只見那邊山坡上兩隻小鹿箭也似的跑來。365／如今譬如我死了似的。1577／我的心就像在熱鍋裡熬的似的。1473／大不似往常，直是一個傻子似的。1346／那些不成材料的狗男女都像狗似的攔起來了。1463～1464／睡覺似的從沒有忌諱。1117／把銀子都花的淌海水似的。217

「般」系有 3 詞：「一般」〔101〕全式作謂語、狀語和補語，簡式作狀語、補語和定語；「般」〔1〕用簡式，作定語；「一樣」〔37〕全式作謂語，簡式作補語。如：

一面又見晴雯兩腮如胭脂一般。715 / ……恰似窗屜子倒了一般。997 / ……如同開了鎖的猴子一般。315 / 我生下來已陷溺在貪嗔癡愛中，猶如污泥一般。1613 / 咱們小兒都是親姊妹一般。637 / 好像沒事人一般。1298 / 見水如晶簾一般奔入。237 / 滾的似個泥豬一般。656 / 外面轟雷一般幾個小廝齊聲答應。1351 / 關的鐵捅一般。167 / 咱們金玉一般的人。931 / 襖裡露出血點般大紅褲子來。1119 / ……猶如煙霧一樣。548 / 雖說是舅母家如同自己家一樣，……718 / 若像二姐姐一樣，……1177 / 那房子竟是繡房一樣。718 / 病的蓬頭鬼一樣。725

這一時期比擬助詞使用的主要情況是：

（1）使用頻率

已是廣泛使用，《紅》達 225 次。

（2）兩系助詞的比重

繼續以「似」系為次（36.5%），「般」系為主（63.5%）。

（3）用詞與重點詞

「似」系已減少為 3 詞，「般」系則增加為 3 詞；「似」系重點詞為「似的」（91.6%），「般」系重點詞為「一般」（72.7%），次重點詞為「一樣」（26.6%）。

（4）格式與功能

全式和簡式都廣泛使用。全式不但可以作謂語，也能作狀語、補語和定語，簡式則只作狀語、補語和定語。

綜合前述，我們可以大致看出晚唐至清代前期比擬助詞體系經歷了這樣一個發展過程：使用頻率由低到高（從使用極少到廣泛使用），「似」、「般」兩系比重互換（由「似」主「般」次到「般」主「似」次），各系用詞由一到多（其中「似」系則是由一到多再到少），「似」系重點詞轉移（由「相似」到「也似」再到「似的」），格式和功能由單一到多種並用（由全式擴展到簡式、由作謂語擴展到作狀語、補語和定語），這是由萌芽（晚唐宋代的近代漢語早期）到成熟（元明近代漢語中期和晚期）再到更高階段（清初現代漢語早期）的整個過程。

二、對與比擬助詞體系有關的幾個問題的一些看法

時賢對比擬結構的語法分析及其起源探討，見仁見智。筆者也想就這些問題提供不成熟的看法。

（一）「相似」的性質

晚唐以來的著作中，出現「相似」的平比句有如下幾種格式。

a式：「A・與・B・相似」

> 外求有相佛，與法不相似。《祖》1.43／與我相似，共你無緣。
> 《燈》1097／子路之事輒，與樂正子從子敫相似。《朱》248／前日
> 王吏部的夫人，也有些病症，看來卻與夫人相似。《金》807／字跡
> 且與自己十分相似。《紅》993

b式：「A_1・A_2……・相似」

> 定、靜、安都相似。《朱》278

c式：「A・相似・B」

> 師問：「師兄見大蟲似個什摩？」歸宗云：「相似貓兒。」……
> 歸宗卻問：「師弟見大蟲似個什摩？」師云：「相似大蟲。」《祖》4.119

d式：「A・『如』類詞・B・相似」（例見前文）

a、b、c三式中，a式用得很普遍，b、c二式用得極少。此三式的共同點是：除了「相似」，沒有其他動詞（「相似」處於謂語位置，無疑是動詞）。三式與本文所談的比擬助詞體系無關。

而d式則與前三式不同：除「相似」外，A後多了一個「如」類詞。這樣就產生了對這類格式中的「相似」和「如」類詞定性的問題。對這個問題，我們可以從三方面考察。

（1）從為數眾多的「如」類詞的角度看

「如」類詞中的「如」和「似」，的確可以作介詞，用於比較；但只用於差比，一般置於形容詞之後。如：

> 上面工夫卻一節易如一節。《朱》298／踏著秤錘硬似鐵。《燈》
> 1342／論其氣象，則孟子粗似顏子，顏子較小如孔子。《朱》1244

或許有人認為，介詞「如」、「似」的用途用法也可以發展成介詞「與」一

樣，表平比，介詞結構置於動詞之前。我們認爲，如果 d 式中，A 後僅限於接「如」、「似」二詞，那麼把「如」、「似」看作介詞，也不失爲一種見解。但言語事實告訴我們，d 式中，A 後的「如」類詞，除「如」、「似」二詞外，還可用「猶如」、「如同」、「若」、「像」、「是」、「爲」、「作」等。這些詞和「如」、「似」意義相同，位置相同，作用相同，詞性也應該相同。「猶如」、「如同」諸詞，公認爲是比擬動詞，「如」、「似」也應該是比擬動詞。在各方面情況都相同的情況下，不宜只把其中一部分詞（「猶」、「如同」……）看作動詞而把另一部分詞（「如」、「似」）看作介詞。

（2）從 d 式與「A・如／似・B」的對比看

「A・如／似・B」，自古已有，晚唐以來也普遍使用。如：

> 忠如瓶中之水，恕如瓶中瀉在盞中之水。《朱》675／夫子與言
> 之時，只似一個杲底。《朱》567

上例「A・如／似・B」式與 d 式，兩者表達意思相同，只是語氣有所差別；前者無「相似」，語氣比較莊重、「生硬」；後者有「相似」，則增添些比擬意味，語氣和緩。這說明，d 式中的「相似」只起輔助作用，應是比擬助詞。

（3）從 d 式與「A・『如』類詞・B・一般」的對比看

d 式其實就是「似」系的全式，「A・『如』類詞・B・一般」即「般」系的全式，兩者是整個比擬助詞體系中相同的格式。「般」系全式中的「一般」、「般」、「一樣」，明顯是比擬助詞，絕不會有人看作比擬動詞；同樣，「似」系全式（即 d 式）中的「相似」、「也似」、「似的」等詞，也應該是比擬助詞，而不應該看作比擬動詞。

總之，我們完全有理由認爲，d 式中「如」類詞是比擬動詞（而不是比擬助詞），「相似」是比擬助詞（而不是比擬動詞）。

（二）比擬助詞詞形的發展變化

整個比擬助詞體系中，「似」系和「般」系由於來源不一，各系諸詞詞形的發展道路也就不盡相同。

1、「似」系諸詞詞形的發展

「似」作比擬動詞，先秦即已使用，晚唐以來仍然常用。它常受「相」修飾而組成詞組「相似」，進而又逐步發展成複合動詞「相似」。動詞「相似」中

的詞素「相」，多數保留「相互」的實義，但也有一部分實義淡化，只起襯字作用。比擬助詞「相似」即由「相」義談化的動詞「相似」虛化而來。其核心詞素爲「似」，次要詞素爲「相」。

由於「相似」既可作動詞，又可作助詞，並且都常用，在比擬句中容易造成詞語重複和句意含糊。爲了避免這類弊端，d 式（即「似」系全式）中，比擬動詞避免使用「相似」、同時也向比擬助詞「相似」提出了發展變化的要求。次要詞素「相」，由於意義已經虛化，便給助詞「相似」的詞形發展變化提供了可能。漢語中，能用於動詞（或動詞素）的虛義詞（或虛義詞素）不止「相」一個（如「也」、「的」、「價」等均屬此類），這就給助詞「相似」中次要詞素「相」的發展變化提供了可選材料。於是，比擬助河「相似」的詞形便選取了保留核心詞素、改換或增減次要詞素的發展道路。具體來說，改換次要詞素的有「也似」、「似的」（均屬重點詞），減少次要詞素的有「似」（使用也不少），增加次要詞素的有「也相似」、「也似的」、「也似價」（極少使用）。

明代後期《金》中「也是」、「是的」的出現，又給「似」系詞形發展增添了一些新的內容。江藍生先生在《助詞「似的」的語法意義及其來源）〔註3〕的第三部分（「似的」與「是的」）中專就《金》、《紅》中出現和使用的「是的」作了詳細的論證。這種發現是很有意義的。於是，明後期以來的「似」系中就出現了如下的情況。

a、新起的「是的」加入。江文的第四部分「結論」的第三點指出：「現代漢語北方話裡的比擬助詞 shi·de（寫作『似的』或『是的』）不是來自於似／也似→似的／也似的（si·de）系統，而是來自於明代用於句末的助詞『是的』。其引申途徑大體爲：表示判斷語氣→表不定判斷語氣→表示相似、比喻。」〔註4〕江先生經過認眞考察分析而得出的這種結論，是可信的，符合語言實際。這樣可以說，「似」系比擬助詞詞形發展到《金》、《紅》時代，出現了一個新的核心詞素「是」。

b、原有的「似的」和新起的「是的」並存。《金》、《紅》中，基本上使用「似的」，極少數使用「是的」，此後及今，「似的」仍和「是的」一樣，常

〔註 3〕《中國語文》1992 年第 6 期。

〔註 4〕見《中國語文》1992 年第 6 期，第 451 頁。

常出現於書面作品中。這種書面上的「似的」，究竟是全由「似」系中的「似」一脈相承而來，還是全爲新起的「是的」（shi・de）的手寫形式之一，抑或兩者兼有？這個問題，如果光從書面作品去探究，的確一時很難找到滿意的答案；如果從方言的角度去考慮，或許能得到一些有益的啓示。明清時代的方言語音如何，目前尙難具體描述，但現代方言的語音還是有一定的參考價值。現代漢語各方言中，「似」、「是」的讀音有兩種情況：一是同音，一是異音。這種同音異音，不僅存在於除北方話外的各方言，也存在於北方話內部的各方言。僅以後者來說，據《普通話基礎方言基本詞彙集・語音卷》〔註5〕提供的資料，基礎方言（即北方話）的 93 個方言點中，「似」、「是」同音的有 61 個，約占三分之二（65.6%），異音的有 32 個，約占三分之一（34.4%）。在包括作爲普通話標準語音的北京話在內的「似」、「是」異音地區，正如江文「結論」第四點所說，「現代漢語口語裡只說 shi・de（是的）不說 si・de，但實際上存在著口讀『是的』手寫『似的』的傾向，這主要是由於『似的』在字面上的表義性強」〔註6〕。正是這種「表義性強」，使「似的」中的「似」不得不由本音 sì 改讀變音 shì。從這點來說，這些地區的「似的」是「是的」的異體。在「似」、「是」同音地區，既然「似」、「是」讀音無別，人們自然使用表義性強的「似的」，一般不會使用表義性弱的「是的」。從這點來說，這些地區的「似的」應是傳統「似」系的繼承。語音發展是漸變，不是突變。現代漢語各方言「似」、「是」同音與異音，並不始自今日，自應有一段相當長的歷史時期（包括明代後期和清代）。在普通話大力普及的今天，北方話 93 個方言點中的 61 個方言點的人們，如不經特意訓練，在說普通話時都不易把「似的」讀成 shi・de，在北京語音對方音影響遠小於今天的明代後期和清代，這些地區的人們要把「似的」讀成 shi・de 恐怕更難，他們的書面作品中的「似的」，就很難說是「是的」的異體，恐怕仍是「似」系一脈相承的產物。這樣，是否可以進一步認爲，「似」系詞形的發展，到《金》、《紅》時代，已開始進入核心詞素「似」、「是」並存（而不是核心詞素改換）的新階段，因爲「是」已出現但並沒有取代「似」。

〔註5〕《普通話基礎方言基本詞彙集》，語文出版社，1996 年。

〔註6〕見《中國語文》1992 年第 6 期，第 451 頁。

2、「般」系諸詞詞形的發展

比起「似」系來，「般」系諸詞詞形的發展變化比較簡單，道路亦有所不同：說「簡單」，是指先後只有三個詞，且次要詞素只限於「一」；說「不同」，是指選取的是改換核心詞素和保留或減去次要詞素的發展道路。

「般」，《說文》：「辟也。象舟之旋，從舟從殳。殳，令舟旋者也。」最初是動詞。中古假借為名詞，表「種」、「類」、「樣」。它與「一」組成詞組「一般」，引申為形容詞，表「同一模樣」，再虛化為比擬助詞。比擬助詞「一般」，與由它組成的比擬結構全式中的比擬動詞（「如」、「若」、「以」等）形體不同，界限分明，結構中不存在詞語重複、句意含糊的問題；次要詞素「一」又有穩定的實義（「同一」），變化也難。因此，在「般」系諸詞詞形發展過程中，次要詞素方面僅表現為保留或削減（而沒有「似」系的改換與增加），核心詞素方面則是由「般」到「般」、「樣」並存再到現代漢語的「樣」。「般」和「樣」，是一對古今詞（不同於「似」系的「似」與「是」），今詞替代古詞，《紅》標誌著這個過程的開始。

（三）「似」系比擬助詞是源於漢語還是來自外族語言

上面已經談及「似」系比擬助詞諸詞詞形的發展，說明比擬助詞「相似」的遠源為比擬動詞「似」，近源為比擬動詞「相似」。和與之並行的「般」系比擬助詞「一般」一樣，「似」系的比擬助詞「相似」是漢語本身固有的詞沿著虛化道路發展的自然結果，是漢語自身的產物。

江文在論述比擬助詞「似」的來源時指出：「金元時代白話資料裡的比擬助詞『似』是漢語搬用蒙古語比擬表達語序時新產生的語法成分。另一比擬助詞『也似』的『也』，可能是漢語在借用蒙語比擬後置詞『似』時，為把比擬助詞『似』跟動詞『似』從形式上區別開來而添加的襯詞。」〔註7〕意思是說，比擬助詞「似」是「借用蒙語」，而不是漢語本身的產物。對此，我們覺得尚有值得商榷之處。

江文論述了眾多的「似」系比擬助詞，但沒有提到「相似」。從該文看，沒有把「相似」看作比擬助詞的一員。本文前述表明，在詞性、位置、用途及組成比擬結構的格式等方面，「相似」與江文提及的「似」、「也似」、「似的」等是

〔註7〕見《中國語文》1992年第6期，第451頁。

相同的，核心詞素均爲「似」，都屬於「似」系同一系統。邢福義先生在《從「似 x 似的」看「像 x 似的」》〔註8〕一文中提到：「還應該指出：『似 x 似的』有幾個同類形式。除了開頭提到的『似 x 也似』，還有『如 x 也似』、『如 x 相似』、『似 x 相似』，它們都可以跟『似 x 似的』互相印證。」該文列舉的例證，除了出自晚唐的著作外，還有出自現代和當代的作品。可見邢先生是把「相似」納入了「似」系比擬助詞系統的。這種看法，是符合言語實際的，與本文考察所得相同。

既然助詞「相似」是屬於「似」系比擬助詞系統的一員，而且在晚唐即已使用（宋元明都普遍和「似」、「也似」等並用），比江文所說「始見於金元資料裡的」比擬助詞「似」、「也似」時代要早，我們在考察「似」系比擬助詞的來源時，起點應該是更早的「相似」，而不是較晚的「似」和「也似」。依照前述「似」系比擬助詞詞形發展的道路來看，「也似」和「似」是「相似」發展變化的結果。

至於江文所提到的阿爾泰語表比擬時有類似的表達手段，這恐怕是兩種語言在這個方面的偶然巧合，不宜看作比擬助詞「似」、「也似」之源。各語言間偶然巧合的現象不乏其例，不好說誰借於誰。我們知道，漢語是有足夠的能力，依靠自身材料，沿著自己的道路向前發展的（包括新生成分）；不到萬不得已，不會輕易搬用外族語言成分，即使搬用，也只是極少數，且多見於詞匯（外來詞）。

因此，我們認爲，「似」系比擬助詞是來源於漢語本身，不是套用外族語言。

（原載《語言研究》1998 年第 2 期）

〔註8〕《語言研究》1993 年第 1 期。

《敦煌變文集》中的量詞

王重民等六位先生編的《敦煌變文集》（以下簡稱《變》），搜集了敦煌石窟所發現的變文中的七十八篇文學作品，這些作品「大概都是唐末到宋初的東西」。這些記錄寺院中俗講的變文，「是用接近口語的文字寫成的」（分別見上書《引言》與《出版說明》），既是「接近口語」，文中自然還夾雜一些文言。在還沒有發現用純口語寫的唐代作品的今天，對我們瞭解唐代口語來說，這種「接近口語」的《變》確是一種十分珍貴的語言材料。

現代漢語中的非常豐富的量詞，是隨著古代漢語經中古漢語、近代漢語發展到現代漢語這樣一個漫長的過程而逐步形成的。研究量詞的歷史發展，對瞭解漢語史是十分有意義的。為給這種研究提供一些資料，本文特介紹《變》中名量詞中的個體量詞、集合量詞和動量詞中的專用量詞。

一、概況

1、《變》中共有量詞 88 個（不包括異體字），其中名量詞占 88%，動量詞占 12%。

《變》中量詞總共出現 770 餘次，其中名量詞占 81%，動量詞占 19%。

無論是數量還是出現總次數，名量詞都是占絕大多數，這是因為事物幾乎無法盡數，而動作畢竟有限；也說明名量詞的精密化和動量詞的抽象化。

2、名量詞共有 77 個，其中個體量詞占 77%，集合量詞占 23%。

個體量詞有：個（包括箇、個、箇）、員、界、騎、道、條（包括条）、支（包括枝、支）、管、根、匹（包括匹、疋），頭、口、面、輪、張、把、領、片、朵、番（包括播、番）、環（包括鐶，環）、枚、隻、具、扇、床、顆、粒、點、炷、段（包括段、斷）、間、門、所、垓、起、絡、縷、級、場、輩、榱、角、械、梃、方、分、亭、件、笙、紙、藏、卷、篇、首、句、曲、頓、餐。

集合量詞有：種、般、類、重、層、雙、對、群、聚、會、部、隊、行、束、團、林、堆、蔟。

個體量詞出現總次數中，「個」占 24%，使用最多；其次是「段」「道」「支」「條」「口」「卷」「句」「朵」，共占 25%；其他 50 個總共祇占 51%，都祇在 10 次以下。

集合量詞出現總次數中，「種」和「般」共占 37%，用得最多；其次是「重」「雙」「部」「隊」「行」，共占 45%，其他 10 個總共祇占 18%，也都在 10 次以下。

動量詞共有 11 個，他們是：回（包括迴、回）、度、遍、次、過、下、場、陣、匝、巡、遭。

動量詞出現總次數中，「回」占 26%，使用最多；其次是「度」「匝」，共占 23%；其他 8 個總共祇占 51%，都不超過十次。

二、使用範圍

《變》中量詞的使用範圍，和現代漢語比較，可分為全同、半同半轉、全轉和消失四類。

1、名量詞

（1）全同，所謂全同，是指《變》中某量詞不僅今天還用，而且它所說明的名詞在今天仍用同一量詞，但不包括該量詞在今天所說明的其他的名詞。

員：三百～戰將（46）

條：（多數寫作「條」，少數寫作「条」）：三～黑氣（86）一～鐵棒（761）三～荊杖（131）五～光（555）第一～（432）

根：一～車輻棒（88）

管：筆五～（876）

口：五百～劍（225）一～金鐘（357）大小良賤三百餘～（178）

頭：牛千～（23）百～壯象（362）

匹：（多教寫作「匹」，少數寫作「疋」）：千～綵（166）絹一～（174）馬一～（118）

面：四十二～大鼓（19）

領：氈一～（219）汗衫子一～（223）

輪：一～之秋月（650）明月半～（609）

把：第一～火（一32）

朵：一～黑雲（46）一～花（276）

扇：屏風十二～（276）門兩～（732）

床：一～氈被（858）

顆：明珠一～（515）人頭千萬～（726）

粒：七～粳米（161）〔神丹〕一～（227）

炷：一～名香（607）

分：五～香（815）三～折二～（52）

亭：分作三～（756）

段（絕大數寫作「段」，個別寫作「斷」）：三～經文（426）斬爲三～（219）

間：兩～房（111）

紙：一～文狀（213）

場：一～苦事（678）一～喜慶（687）一～惆悵（773）一～醜陋（800）

方：十～諸神（170）

篇：文通七～（34）

首：燕子賦一～（265）

句：一～經（498）

卷：子書七～（874）

曲：奏樂數～（223）

頓：一～飽飯（743）

餐：飯一～（11）

門：一～骨肉（64）

件：一～袈裟（451）

重：一～門（234）黑壁千～（704）

層：森林數萬～（737）

對：一兩～幡蓋（610）美人一～（205）

隊：鼓樂絃歌千萬～（622）

塠：（即「堆」）一～泥水（131～132）

行：一～經（735）淚萬～（91）標記一兩～（44）

群：一～賊（171）

束：一～錦（111）

種：若干～心（426）一～名花（775）百～議論（639）

（2）半同半轉，所謂半同半轉，是指《變》中某量詞雖然今天還用，但它所說明的名詞，衹有一部分在今天仍用該量詞（下例中的 a 類），而另一部分在今天則用別的量詞（下例中的 b 類）。

個（絕大多數寫作「箇」「個」，個別的寫作「个」）百分之八十說明人，百分之二十說明其他。

a：兩～外甥（8）三～女人（112）三～妹妹（582）三～月（875）四～瓶（398）一～汗蛤螟（376）

b：三～白鶴（882）一～手（735）六十二億～恒河沙（504）兩～笠子（132）

隻：a：小船一～（21）龍腿一～（222）

b：寶箭二百～（36）十～矢（91）

支（一部分寫作「支」，一部分寫作「枝」）：

a：領北寒梅，一～獨秀（345）七～蓮花（820）

b：驢尾一～（789）金筐一～（873）

道：a：一～符（226）百～粗筋（335）

b：一～光明（648）百～之寒溪（415）

片：a：一～心（15）慈雲一～（609）

b：一～地（155）墨一～（586）

張：a：紙三百～（876）彫弓兩～（36）

b：棉被一～（873）

所：a：宅一～（264）

        b：大石一～（170）堂梁一百～（363）

點：a：甘落灑十～五～（601）

        b：一～無名火（617）

部：a：十二～尊經（167）一～涅槃之經（167）

        b：龍神八～（381）二～僧眾（464）

團：a：一～飯（486）一～風（717）

        b：一～花（800）

  （3）轉移，所謂轉移，是指《變》中某量詞儘管在今天還存在，但它所說明的名詞不同，也就是說在《變》中說明的名詞今天已全部用別的量詞，而該量詞在今天說明的卻是另一些名詞。

枚：棹棹一～（21）玉爪一～（874）二～蟲（868）

具：三～火（132）籠子一～（873）行帳一～（873）

起：一～屍（408）

環（有的寫作「環」，有的寫作「鐶」）：十二～錫杖（704）

縷：一～袈裟（453）

角：三十六～音聲（19）

級：論其喜事，數有四～（603）

類（相當於今天的「些」）：有一～人家兒子（686）有一～門弟子（686）

雙：一～青鴿（276）牛蹄一～（292）鯉魚一～（865）金釵兩～（873）

輩：一～愚人（711）

簇：一～家童（670）

  （4）消失，所謂消失，是指《變》中某量詞在今天已經不用。

界：一～凡僧（192）

騎：馬軍一百餘～（37）

番（有的寫作「番」，有的寫作「旛」）：薄餅十～（13）餅有一～（22）

垓：天男萬萬～（651）

榠：一～醜陋（800）

笙：一～毫毛（3）

藏：開經一～（423）

絡：一～絲（419）

梃：墨十～（876）

聚：一～灰（732）

會：一～人（712）

林：果樹一～（607）寶樹數十～（366）

般：一～人（674）千～色（738）三十二～福相（415）

2、動量詞

下：同今天的「下」。

若打一～，……；若打兩～，……；若打三～。（161）

回（大多數寫作「回」，少數寫作「迴」），度，遍、過、次，他們經常互用，意義相同，今天一般用「次」、「回」，「遍」，「度」祇用於書面語，「過」今天不用。

乍可決命一迴，不可虛生兩度。（374）聖賢嗟歎千千遍，凡庶歌揚萬萬迴。（560）水底將頭百過窺，波上玉腕千迴舉。（5）將軍今日何千次。（90）願者還須早至道場聽一回。（483）

陣、場：意義相同，今天都用「場」。

大戰曾經數十場（37）決戰一陣，蕃兵大敗。（115）

匝、巡、遭：經常互用，意義相同，今天都用「圈」。

貞夫一車，繞墓三匝。（140）一雙青白鴿，遶帳三五匝，為言相郎道，遶帳三巡看。（276）不覺蜘蛛在於其上，團團結就，百匝千遭。（181）

在名量詞中，全同的占 55%，半同半轉，占 18%，全轉的占 14%，消失的占 18%；動量詞中也祇有少數在今天不用，這表明，《變》中量詞的多數乃至絕大多數為後來的近代漢語和今天的現代漢語所繼承。

三、語法特點

1、全部是單音節，不像現代漢語還有雙音節（公斤、公里）和複合量詞（人次、秒公方、千米小時）。

2、所有動量詞和絕大多數名量詞都不重疊，重疊的祇限於「個」「群」

「種」「隊」等少數幾個量詞，重疊時含有「每」意，往往前面加數詞「一」：

　　其魔女者，一個個如花菡萏。（620）

　　〔魔女〕一群群若四色花敷，一隊隊似五雲秀麗。（621）

也有省去「一」的：

　　前來經文説父母種種養育。（691）

　　個個盡如花亂發。（622）

3、個別不同的量詞可以連在一起使用，被他們説明的名詞也是並列在一起的，如：

　　收奪得迤馬牛羊二千頭疋。（115）

　　收奪駝馬之類一萬頭疋。（116）

4、一般不單獨充當句子成分，它總要和數詞或指示代詞結合成詞組：

　　每牙吐七枝蓮花。（384）

　　此箇廝兒要多小來錢賣？（176）

祇有極個別的前面沒有數詞或指示代詞而單用，這應視爲前面數詞「一」的省略：

　　脊上縫箇服子。（251）

　　與汝個修行疾路。（613）

四、句法作用

1、數（名）量詞組

數（名）量詞組主要作定語，也可以作主語和賓語，在名量詞出現總次數中，作定語的占 83%，作主語的占 10%，作賓語的占 7%。

（1）作定語，作定語時，數（名）量詞組的位置有兩種，多數（67%）在名詞前，少數（33%）在名詞後：

　　一片貞心（860）一團風（717）五百隻劍（226）一朵花（276）

　一條長鐵棒（761）淚十行（8）汗衫子一領（224）馬百疋（405）

　　筆五管（876）牛一頭（877）

數（名）量詞組放在名詞前的雖然占多數，但需要指出的是，量詞「個」

祇放在名詞前，不放在名詞後，而「個」是使用次數最多的一個量詞。

數（名）量詞組作定語時的位置表明，《變》中量詞正處於一個過渡階段：古代漢語中一般放在名詞後，這在《變》中仍占相當的比重；現代漢語一般放在名詞前，這在《變》中已有相當的基礎，數（名）量詞組作定語放在名詞前時，還殘留一種古代漢語的特點，即在兩者之間加上一個「之」字。

> 一片之信心（413）百道之寒溪（415）一輪之秋月（650）八部
> 之龍神（529）十千重之宇宙（418）

這種現象在今天已經絕跡。

（2）作主語、賓語，數（名）量詞組作主語和賓語，有一個共同點，就是他們所說明的名詞一定在前文出現，是確定的。

> 國相之女，總有三人，兩箇已適皇孫，一箇現今在室。（363）

> 連忙取得四箇瓶來，便著添瓶，才添三個，又到（倒）卻兩個，
> 又添得四個，到（倒）卻三個。（398）

2、數（動）量詞組

數（動）量詞組在句中作狀語和補語。

（1）作狀語，數（動）量詞組作狀語時，一般放在動詞之前：

> 昭君一度登千山，千迴下淚。（102）

> 一日之中百度燒。（761）

祇有個別的放在主語前：

> 口裡千迴拔出舌，胸前百過鐵犁耕。（734）

這可能是由於韻文對仗的需要。

（2）作補語。動詞無賓語時，數（動）量詞組直接放在動詞之後：

> 從頭表白說一場。（110）

> 右繞三匝。（798）

動詞後帶賓語時，數（動）量詞組一般都在賓語之後：

> 繞墓三匝。（140）

> 敲門三五下。（717）

> 何不巡營一遭。（37）

今天除賓語是代詞或指人的名詞時，數（動）量詞組放在賓語之後外，其他一概放在賓語之前，這在《變》中已有萌芽：

忽聞大內打四下鼓。（224）

綜合上述，我們可以得出這樣的結論：《變》中量詞所反映的中古漢語，在整個漢語發展的過程中，處於一個很重要的歷史階段，具有非常明顯的承上啓下的過程性質：

1、就量詞的數量來說：上古漢語的量詞很少，中古卻來了一個飛躍的發展，少數的上古量詞得到了繼承，大量的新量詞湧現。這些量詞除在近代漢語中淘汰一部分外，多數成了現代漢語量詞的主幹。

2、就使用範圍來說：保留在中古漢語中的少數上古量詞擴大了；經過近代漢語到現代漢語，中古量詞多數擴大了，少數有了轉移。

3、就語法特點和句法作用來說：上古量詞的某些特點中古仍然存在，但在今天已經消失；多數不同於上古漢語的，則在今天得到了繼承和發展。

《變》中量詞也說明了：中古漢語開拓了由古代漢語發展到現代漢語的新的歷史時期。

（原載《安慶師範學院學報（社會科學版）》1983 年第 1 期）

《祖堂集》《五燈會元》中的指示代詞「與麼」與「恁麼」

零

「與麼」、「恁麼」多見於唐宋禪宗語錄，是近代漢語特有的指示代詞。這兩個詞，在《祖堂集》中作「与摩」（極個別的作「與摩」）、「任摩」，在《五燈會元》中作「與麼」、「恁麼」。爲簡化起見，下文將前者寫作「與摩」、「任摩」，後者寫作「與麼」、「恁麼」。

文主要考察這兩個詞在《祖堂集》和《五燈會元》中的使用情況，並進行對比，進而說明其時代性。

本文依據的是日本京都中文出版社的《祖堂集》（1972）和中華書局的《五燈會元》（1984），下文均將兩書分別簡稱爲《祖》、《五》。例句後的阿拉伯數字指的是引書的頁碼。

壹

《祖》中基本上使用「與摩」，個別使用「任摩」；《五》中則基本上使用「恁麼」，個別使用「與麼」。

《祖》序寫在南唐保大十年（952 年）。《五》由《景德傳燈錄》、《大聖廣燈錄》、《建中靖國續燈錄》、《聯燈會要》、《嘉泰普燈錄》這五部「燈錄」各三

十卷彙集而成，由宋釋普濟刪繁就簡，將一百五十捲縮爲二十卷。五「燈」中的第一「燈」撰於 1004 年，最後一「燈」撰於 1201～1204 年，先後兩百年。故《祖》、《五》兩書中像「與摩」、「任摩」、「與麼」、「恁麼」這類白話詞語可以視爲南唐至南宋間的口語。兩書中兩詞使用的頻率如表 1：

表 1

	與摩／與麼	任摩／恁麼	合　計
《祖》	97.4%（429 次）	2.6%（23 次）	（452 次）
《五》	7.6%（84 次）	92.4%（1015 次）	（1099 次）

從表 1 可以看出點：

（1）各書中，兩詞的使用頻率相差極大；

（2）兩書的基本詞正好相反，即《祖》爲「與摩」，《五》爲「恁麼」。

由於《祖》中的「任摩」和《五》中的「與麼」用得極少，下文不再介紹，這裡僅各舉二例：

> 進曰：「任摩去時如何？」（祖 2.153）

> 僧曰：「任摩則不相干也。」（祖 2.68）

> 師曰：「卻與麼去也。」（五 175）

> 僧曰：「與麼則全明今日事也。」（五 696）

下面祇就《祖》中的「與摩」和《五》中的「恁麼」的使用情況作些介紹與對比。

貳

《祖》中的「與摩」和《五》中的「恁麼」都是以作指代詞爲主，以作指示詞爲次。指示代詞「與摩」、「恁麼」既可以起指示作用（下稱「指示詞」）：

> 師云：「藥山與摩道，猶較一節在。」（祖 3.68）

> 師曰：「闍黎何不恁麼道？」（五·782）

又可以起指示兼稱代作用（下稱「指代詞」，以區別於用於統稱的「指示代詞」）：

> 僧云：「與摩則勝劣有殊去也。」（祖 3.25）

曰：「恁麼則罷息干戈、束手歸朝去也。」（五 954）

這兩詞用作指示詞和指代詞的頻率如表 2：

表 2

	指示詞	指代詞	合　計
《祖》「與麼」	45.5%（195 次）	54.5%（234 次）	（429 次）
《五》「恁麼」	40%（406 次）	60%（609 次）	（1015 次）

從表 2 可以看出：《祖》中的「與麼」與《五》中的「恁麼」都是主要作指代詞，而且指代詞與指示詞之間的比例兩書也大致相同。

叄

作指示詞的《祖》中的「與麼」與《五》中的「恁麼」，都是絕大多數修飾動詞，少數修飾形容詞和名詞。

（一）修飾動詞

一般是修飾單個的動詞。

和尚作麼生與麼說？（祖 4.37）

趙州第二日見師掃地，依前與麼問。（祖 2.23）

對云：「與麼商量，不如某甲钁也。」（祖 3.47）

師曰：「逢人但恁麼舉。」（五 556）

師曰：「若到諸方，但恁麼問？」（五 612）

乃彈指一下曰：「但恁麼薦取。」（五 1020）

也可以修飾動賓詞組：

師曰：「是你與麼問我？」（祖 2.39）

和尚便驚問：「阿誰教你與麼煎湯來？」（祖 4.59）

今經數夏，可聞和尚與麼示徒？（祖 3.48）

師曰：「不得平白地恁麼問伊。」（五 197）

便恁麼點胸。（五 448）

師曰：「爭敢恁麼不識痛癢？」（五 379）

還可以修飾動補詞組：

師因見溪水，云：「此水得與摩流急！」（祖 3.144）

教你去江西，那得與摩回速乎？（祖 3.38）

諸人請僧堂裡恁麼上來，少間從法堂頭恁麼下去。（五 1336～1337）

便恁麼散去，已是葛藤。（五 1084）

（二）修飾形容詞

指示事物的性狀：

問師：「爲什摩得與摩忙？」（祖 4.117）

峰又對云：「爭得與摩尊貴？得與摩綿密？」（祖 3.47～3.48）

師云：「太與摩新鮮生！」（祖 2.109）

方丈得恁麼黑！（五 944）

微指竹曰：「這杆得恁麼長，那杆得恁麼短？」（五 296）

此事得恁麼尊貴，得恁麼綿密。（五 414）

（三）修飾名詞

後面都不跟數量詞語：

師云：「何處有與摩人？」（祖 4.4）

師曰：「豈有與摩事？」（祖 1.118）

不打與摩笛鼓。（祖 2.26）

何處有恁麼人？（五 472）

欲得恁麼事，須是恁麼人。既是恁麼人，不愁恁麼事。（五 797）

佛法也不是恁麼道理。（五 579）

也有少數是修飾加上性狀詞的名詞，即指示具有某些性狀的事物：

問與摩醉漢作摩生？（祖 2.139）

曹山無恁麼閒工夫。（五 790）

像下面的例子卻是另一種情況：

與麼來底人從師接，不與麼來底人師如何？（祖5.38）

恁麼來底人，師還接否？（五1031）

這兩個例句中的「與麼」、「恁麼」都祇是修飾動詞「來」，而不是修飾詞組「來底人」。

作指示詞的《祖》中「與麼」與《五》中「恁麼」修飾各個詞類的使用頻率如表3。

表3

	動　詞	形容詞	名　詞	合　計
《祖》「與麼」	74.5%（145次）	9.2%（18次）	16.4%（32次）	（195次）
《五》「恁麼」	79.8%（324次）	6.9%（28次）	13.3%（54次）	（406次）

肆

作指示詞的《祖》中「與麼」與《五》中「恁麼」都是大多數作小句，少數作句子成分。

《祖》中指代詞「與麼」和《五》中指代詞「恁麼」除作複句中的小句外，還可以作句子成分，一部分作謂語：

師云：「即今也與麼？」（祖3.130）

慶云：「還與麼也無？」（祖2.101）

學云：「和尚宵不與麼？」（祖4.12）

馬大師即恁麼，未審和尚此間如何？（五165）

學人祇恁麼，師又作麼生？（五941）

是我恁麼，你便不恁麼。（五814）

一部分作賓語：

慶云：「用與麼作什麼？」（祖3.16）

師曰：「消得恁麼，消得恁麼。」（五175）

作指代詞的《祖》中的「與麼」與《五》中的「恁麼」充當小句、句子成分的使用頻率如表4。

表 4

	小 句	句子成分			合 計
		謂 語	賓 語	小 計	
《祖》「與摩」	87.6% （205 次）	9.8% （23 次）	2.6% （6 次）	12.4% （29 次）	（234 次）
《五》「恁麼」	84.7% （522 次）	11.5% （70 次）	2.8% （17 次）	14.3% （87 次）	（609 次）

<h2 style="text-align:center">伍</h2>

《祖》、《五》二書指代詞「與摩」、「恁麼」作小句，都是以「『與摩／恁麼』‧連詞」格式爲主，其他格式爲次。

作指代詞的《祖》中的「與摩」與《五》中的「恁麼」用作小句時，作爲假假設複句的偏句。用作偏句的「與摩」、「恁麼」，一般都可以根據它前後的各種語法標誌來識別。這些語法標誌就是連詞和助詞：

a、置於「與摩／恁麼」前面的假設連詞。《祖》中有 24 次，幾乎全部是「若」，祇有 1 次是「設爾」；《五》中有 19 次，也幾乎全部是「若」，祇有 1 次是「設或」。

b、置於「與摩／恁麼」前面的順承連詞，這種順承連詞承接上文，引出結果或結論。《祖》中共 133 次，其中「則」占 94%（125 次），「即」占 6%（8 次）；《五》巾共 377 次，其中「則」占 96%（358 次），「即」占 4%（19 次）。

c、置於「與摩／恁麼」後面的含有假設意味的語氣助詞「時」，《祖》中共 24 次，《五》中共 60 次。

根據這三種語法標誌出現的多少或有無，以與「摩／恁麼」爲小句的複句有如下幾種類型。

（一）「連‧『與摩／恁麼』‧連」

僧云：「若與摩則徒勞側耳也。」（祖 3.114）

師云：「若與摩則乞和尚指示個宗師。」（祖 4.82）

師云：「若與摩即得。」（祖 3.41）

曰：「若恁麼則總成佛去也。」（五 483）

師曰：「若恁麼即是定性聲聞。」（五 522）

（二）「連‧『與麼／恁麼』」

　　師伯云：「若與麼須得有語。」（祖 2.15）

　　福先代云：「若不與麼，爭識得道者？」（祖 3.18）

　　設爾不與麼，傷著他牽置。（祖 3.49）

　　若恁麼，汝即得入門。（五 256）

　　若不恁麼，爭知眼目端的？（五 264）

　　設或總不恁麼，又是鬼窟裡坐。（五 1334）

（三）「『與麼／恁麼』‧連」

　　僧云：「與麼則古人作一頭水牯牛去也。」（祖 3.27）

　　進曰：「與麼則造次非宜。」（祖 4.5）

　　進曰：「與麼即萬人有賴去也。」（祖 3.78）

　　曰：「恁麼則學人無著身處也。」（五 212）

　　曰：「恁麼則和尚同在裡頭。」（五 687）

　　曰：「恁麼即息疑去也。」（五 430）

（四）「『與麼／恁麼』‧助」

　　師卻展足云：「與麼時喚作什麼？」（祖 3.35）

　　師示眾云：「與麼時且置，不與麼時作麼生？」（祖 5.57）

　　上堂，拈柱杖直上指曰。「恁麼時，刺破喬尸迦腳跟。」卓一下
曰：「恁麼時，卓碎閻羅王頂骨。」乃指東畔，曰：「恁麼時，穿過
東海鯉魚眼睛。」（五 1301）

（五）「『與麼／恁麼』」

　　與麼作麼生捉得虛空？（祖 4.51）

　　與麼須索你親問始得。（祖 4.5）

　　僧云：「與麼莫平沉那個人也無？」（祖 5.39）

　　恁麼須要汝親問始得。（五 458）

　　恁麼莫便是否？（五 422）

　　不恁麼爭得？（五 814）

　　人們很容易把這些句子中的「與摩」、「恁麼」看成爲主語，其實並非主語，下面這個例子就很清楚地說明這個問題：

　　　　師豎起拳云：「靈山會上，與摩喚作什摩教？」對云：「喚作拳

　　教。」師笑云：「與摩是拳教。」師卻展足云：「與摩時喚作什摩？」

　　大德無對。師卻云：「莫是腳教摩？」』（祖 3.35）

　　這段話中，「與摩喚作什摩教」與「與摩時喚作什摩」意義相同，祇不過後者有語氣助詞「時」罷了。

　　最後一種格式祇能看作是前面幾種格式的省略式（即省略了前後的連詞和助詞），而且用得很少，故此，這類「與摩」「恁麼」仍以看作指示代詞爲宜。至於以後此種格式普遍使用開來（「與摩」「恁麼」都沒有發展到這個地步），句中的「恁地」「這等」「這麼」「那麼」等「就兼有連接的作用，甚至不妨本身算是一種連詞」〔註1〕。

　　上述五種格式的使用頻率如表 5。

表五

	「連·『與摩/恁麼』·連」	「連·『與摩/恁麼』」	「『與摩/恁麼』·連」	「『與摩/恁麼』·助」	「『與摩/恁麼』」	合　計
《祖》「與摩」	4.4%（9次）	7.3%（15次）	60.5%（124次）	11.7%（24次）	6.1%（33次）	（205次）
《五》「恁麼」	0.6%（3次）	3.1%（16次）	73.1%（374次）	11.7%（24次）	11.5%（59次）	（512次）

陸

　　通過上面五個方面的介紹對比，我們可以認爲，近代漢語特有的指示代詞「與摩」「恁麼」的時代層次是：從南唐到南宋，是「與摩」（「與麼」）由全盛到沒落、「任摩」（「恁麼」）由興起到鼎盛的時期。

（原載《安徽廣播電視大學學報》1990 年第 1 期）

〔註1〕見呂叔湘先生《近代漢語指代詞》，學林出版社，1985 年，第 293 頁。

《祖堂集》中「得」字的考察

　　南唐中主保大十年（九五三）成書的《祖堂集》，使用了相當多的白話，其中「得」字共出現 1510 多次，是個多詞類、多用途的詞。這個詞的使用情況，反映了漢語詞彙和語法發展的某些方面。研究它，對瞭解近代漢語面貌和漢語發展歷史，無疑是很有意義的。

　　本文根據對日本中文出版社 1972 年版的《祖堂集》考察所得，主要介紹「得」的詞類分佈、意義和使用特點，並與同書相關的「能」「可」「了」進行簡要的對比，最後結合《水滸》，對照現代僅語，簡述《祖堂集》中的「得」在發展中的地位。

　　《祖堂集》中的「得」可作動詞（約 22%）、助動詞（約 45%）和助詞（約 33%）。下面分詞類介紹。

一、動詞「得」

　　「得」本是動詞，表「獲得」、「得到」之意。《祖堂集》中，絕大多數（約 92%）均表此基本義，用法無甚特別之處，故不贅述。但也有極少數（約 8%）的動詞「得」用的是引申義，其後的賓語均祇限於表示年數的數名詞組：

　　　　自魏丙辰之歲遷化，迄今壬子歲，得四百一十三年矣。（1.77）

　　　　啟鬼使：「某甲今年得六十七歲。」（4.34）

師問僧：「你在這裡得幾年？」對云：「五六年。」（5.44）

師每日祇管睡，雪峰祇管坐禪。得七日後，雪峰便喚：「師兄且起。」（3.92）

霜曰：「憑何？」師當時無對。直得半年，方始云：「無人接得渠。」（3.19）

這些例中使用引申義的「得」，今天祇能分別理解爲「有」（前三例）、「過」（第四例）或「到」（末一例）。

二、助動詞「得」

《祖堂集》中的助動詞「得」，就其用途和意義而言，可分爲兩大類：輔助動詞和單獨作謂語。

（一）輔助動詞

「得」置於動詞前，輔助動詞，幾乎全部（約99%）表示客觀條件的「可能」，祇有極個別（不到1%）表示情理上的「許可」。

1、表示客硯條件的「可能」

此類多爲肯定式：

進曰：「什麼人得聞？」師曰：「不説者得聞。」（2.121）

僧云：「豈無便門，令學人得入？」（4.94）

師曰：「若與摩則你得入門也。」（1.53）

畢竟如何保任則得始終無患？（2.7）

遇師方便力而得度脱我。（1.57）

三十年來作餓鬼，如今始得復人身。（4.40）

祇有少數爲否定式：

百顏經宿，自知不得入堂。（2.52）

乃曰：「融每常望雙峰山頂禮，恨未得親往而謁。」（1.102）

2、表示情理上的「許可」

祇見於否定式：

師曰：「從今已後，第一不得行此事。」（1.150）

我今告汝，若學禪道，直須穩審；若也不知原由，切不得妄說宗教中事。（5.75）

師入園中，見一株菜畫圓相裹卻，謂眾曰：「輒不得損著者個。」眾僧更不敢動著。（4.94，4.95）

有時，同是「不得」，究竟是表「不能」，還是表「不許」，不易分辨，需要仔細推敲句意：

有人於師前作四畫，上一畫長，下一畫短，云：「不得道一長，不得道二短，離此四句外，請師答某甲。」師乃作一畫，云：「不得道長，不得道短，答汝了也。」（4.41）

根據句意，前兩個「不得」應表「不許」，後兩個「不得」則表「不能」。

（二）單獨作謂語

《祖堂集》中的助動詞「得」，約有 30%可以單獨使用，充當謂語，表示「可以」、「許可」、「行」的意思。這種句子，一部分為單句，大部分為複句的緊縮句。

1、充當單句的謂語

這種句子的主語可以是詞，也可以是詞組或小句。各句子一部分為陳述句，「得」也可以單獨作答：

師答曰：「言有亦得，言無亦得。」（5.27）

問南泉：「與摩又不得，不與摩又不得，正與摩信彩去時如何？」（5.50）

但向己求，莫從他借，借亦不得，捨亦不堪。（2.63）

峰云：「我有同行在彼，付汝信子得摩？」對云：「得。」（2.94）

大多數則為疑問句，一般為肯定式，個別為否定式：

這個是某甲兄，欲投師出家，還得也無？」（1.75）

僧云：「便與摩去還得也無？」（4.8）

師云：「老僧欲見闍梨本來師得不？」（2.56）

石頭云：「今夜在此宿還得摩？」（5.47）

師云：「佛第子唱如來梵不得摩？」（5.47）

思云：「你去和尚處達書得否？」（1.150）

2、充當緊縮複句中後一分句的謂語

這類句子由複句緊縮而成，很像單句，但不是單句，因為句子中有起關聯作用的副詞「則」、「即」、和「始」。此種句子的「得」（不得）前面都不出現主語。

（1）句中有副詞「則」、「即」

副詞「則」「即」表示承接上文，得出結論，相當於現代漢語的「就」：

雪峰云：「潙山和尚背後與摩道則得。」（5.53）

師云：「待我肯汝則得。」（4.10）

師云：「與摩人則得。」（5.40）

自代云：「更覓則不得。」（4.122）

大師云：「與你剃頭即得，若是大事因緣即不得。」（4.81～4.82）

上座云：「爭則不得。」師云：「道也未曾道，說什麼爭即不得？」（2.62）

（2）句中有副詞「始」

副詞「始」表示祇有在某種條件下，然後怎麼樣，相當於現代漢的「才」。此類句子，「得」的前頭均有「須」、「須索」、「應」等詞相配合，祇見於肯定式：

師云：「汝須禮拜始得。」（2.105）

洞山云：「雖然如此，須親近作家始得。」（4.70）

與摩須索你親問始得。（4.5）

則應是與摩根器始得。（3.122）

《祖堂集》中，也使用了與「得」相近的助動詞「能」與「可」，它們的使用頻率都祇及助動詞「得」的四分之一。下面簡單地談談「得」與「能」、「可」的區別。

「得」與「能」的區別是很明顯的，最主要的是意義不同：「得」表客觀條件的「可能」，「能」則表主觀條件的「能夠」：

我今日可殺頭痛，不能為汝說，汝去問取海師兄。（4.41）

師云：「老僧自疾不能救，爭能救得諸人疾？」（5.44）

鍾期能聽白牙琴。（3.1）

另外，在用法上。「能」祇輔助動詞，不能單獨作謂語。

「得」與「可」有相似之處，都主要表示客觀條件的「可能」或情理上的「許可」，但在用法上有兩點明顯的區別：

A、用助動詞「得」的句子中，主語絕大多數是施事，而用助動詞「可」的句子裡，主語絕大多數是受事，且基本上是否定式：

悟道者不可勝記。（1.157）

佛法不可思議。（2.113）

佛性猶如水中月，可見不可取。（1.157）

父母非可比。（1.43）

無三界可出，無菩提可求。（1.103）

極個別的主語可以是施事：

師云：「道則亦不教多，但即兩字則可行矣。」（3.128）

B、祇有極個別的「可」可單獨作謂語：

僧云：「體悉則不可。」（3.75）

三、助詞「得₁」

《祖堂集》中，助詞「得」有「得₁」和「得₂」兩類。助詞「得₁」放在動詞之後，表示動作的「可能」，但這與表「可能」的助動詞「得」不同：後者如前述，一般表示客觀條件或情理上的「能可」，前者則祇表示主觀條件的「能可」。下面分別介紹助詞「得₁」用法上的幾個問題。

（一）不帶賓語的「動‧得」結構：

1、動詞的音節：

肯定式中，一般是單音節，極個別的可以是雙音節：

和尚便下來，拈起貓兒，云：「有人道得摩？有人道得摩？若有

人道得，救這個貓兒命。」（2.34～2.35）

還有人舉得摩？若有人舉得，出來舉看；若無人舉得，大眾側

聆，待某甲為眾舉當時事。（4.24）

又問：「是何人誦得？」師指禪床左臂云：「這個師誦得。」
（5.30）

僧云：「還解怪笑得摩？」師云：「非常怪笑得。」（3.85）

否定式中，則單音節、雙音節均可：

無斬說不得，師便打之。（3.35）

某甲有一段事要問寺主，寺主推不得，便升座。（4.58）

師曰：「蓋覆不得。」（2.39）

長慶云：「料汝承當不得。」（3.142）

2、動詞的主動意義和被動意義：

這裡所說的主動意義和被動意義，是對句子的主語而言。「動・得」結構中的動詞，現代漢語裡一般都是被動意義，而《祖堂集》中，祇有極少部分是被動意義：

有僧問：「巨海驪珠如何取得？」（3.45）

今時學士，類不尚辯不得，豈弁得類中異；類中異弁不得，作
摩生辯得異中異？（4.124）

絕大多數都是主動意義，其中一部分是不及物動詞，大部分是及物動詞：

行得百里地，腳手疼痛行不得。（4.123）

祇如無頭人，還活得也無？（4.9）

師問西堂：「你還捉得虛空摩？」西堂云：「捉得」。（4.51）

告曰：「還有人醫得吾口摩？有人醫得，出來。」（5.107）

又時侍者請和尚吃藥食，師曰：「不吃。」進曰：「爲什摩不吃？」
師曰：「消他不得。」進曰：「什摩人消得？」（1.180）

（二）帶賓語的「動・得」結構：

《祖堂集》中，「動・得」結構大多數都帶賓語。肯定式中，賓語位於「得」之後，格式爲「動・得・賓」：

隱峰問：「祇剗得這個，還剗得那個摩？」（1.155）

潙山問仰山：「子一夜商量成得什摩邊事？」（2.113）

又云：「尋師認得本心源，……」（5.19）

師云：「無人識得伊。」（4.84）

否定式中，賓語則全部放在動詞和「不得」之間，成為「動・賓・不得」格式：

祖佛向這裡出頭不得，爲什摩卻以文殊爲主？（4.19）

學人自到和尚此間，覓個出身處不得，乞和尚指示個出身路。

（2.132）

銅瓶是境，瓶中有水，我要水不得，動境將水來。（4.91）

云：「辯師宗不得。」（3.6）

（三）在動結式、動趨式中，插入「得」表示「可能」，插入「不」表示「不可能」，這在現代漢語中常用，而在《祖堂集》中用得極少：

若有人彈得破，莫來；若也無人彈得破，卻還老僧。（2.85）

雲居代云：「到這裡方知提不起。」踈山代云：「祇到這裡，豈是提得起摩？」（2.60）

大庾嶺頭趁得及。（2.39）

（四）帶助詞「得₁」的動詞前面，還可以有助動詞「能」：

如能轉讀得。（4.106）

老僧自疾不能救，爭能救得諸人疾？（5.44）

又爭能識得？（1.149）

「能」與動詞之間也可插入其他成分：

師有時示眾曰：「吾有閑名在世，誰能與吾除得？」（2.55）

否定式中，「不」祇放在「能」的前面：

其僧不能觀得。（1.139）

由於「能」與「得₁」都表「能夠」，兩者同時使用，顯得重複，固此出現很少，現代漢語已不使用。

四、助詞「得₂」

《祖堂集》中，助詞「得₂」既表動作的已然，又引出並強調動作已得之結果，可以稱爲「時態——結果」助詞。這是唐宋以來近代漢語特有的助詞。它的特點是前面的動詞祇限於及物動詞，其後必帶賓語（個別的可以承前省

略）。

在表示動作的已然方面，「得 $_2$」大致同於現代漢語的「了 $_1$」；但強調動作結果，現代僅語的「了 $_1$」卻不具備。根據強調的程度，「得 $_2$」可以分為如下兩類。

1、少數強調的程度較強，「得 $_2$」還有相當的實義，這與現代漢語的「（動）到了」大體相當：

　　　師云：「每日直鉤釣魚，今日釣得一個。」（2.21）

　　　拾得二萬八千粒舍利。（2.32）

　　　師便過鍬子與隱峰，隱峰接得鍬子，向師劃一下。（1.155）

　　　師於半夜時，叫喚：「賊也！賊也！」大眾皆走。師於僧堂後遇

　　一僧，攔胸把柱，叫云：「捉得也！捉得也！」（5.48）

2、多數雖也強調，但程度不是太強，「得 $_2$」多少還有些實義，這與現代漢語的「了 $_1$」大致相當：

　　　雪峰養得一條蛇。（2.114）

　　　老漢在這裡，聚得千七百人。（3.67）

　　　師云：「還將得馬太師眞來不？」對云：「將得來。」師云：「將

　　來，則呈似老僧看。」（4.90）

　　　於一日一夜舂得一十二石米。（1.83～1.84）

　　　師初出世時，未具方便，不得穩便，因此不說法。過得兩年後，

　　忽然迴心。（5.93）

《祖堂集》中有個與「得 $_2$」類似的助詞「了」。這個「了」不是現代漢語的「了 $_1$」，倒接近於「了 $_2$」。它的動詞實義還比較濃，僅僅表示動作行為的完畢，但不像「得 $_2$」那樣強調動作的結果。

五、小結

語言是發展的，「得」自然也不例外。在以後的《水滸》中，「得」又有了進一步的發展（詳見《語言學論叢》十五輯中拙文：《水滸全傳》「得」字的初步考察）。我們不妨將《祖堂集》與《水滸》比較，再對照現代僅語，就可以得出如下的一些基本情況。

1、動詞「得」

兩書均以使用基本義爲主；《水滸》也繼承了《祖堂集》的引申義，並有所增加（如「致使」、「〔幸虧〕得到」等）。這些引申義，現代漢語已不使用。

2、助動詞「得」

《祖堂集》中輔助動詞的用法和意義，《水滸》都繼承了下來。至於單獨充當謂語的用法，《水滸》已經消失。整個助動詞「得」，一般都沒有在現代漢語中得到保留。

3、助詞「得」

A、《祖堂集》中表「可能」的「得$_1$」在《水滸》中有了一些發展，如「動‧得」肯定式中雙音節動詞增加，帶賓語的否定式格式，除「動‧賓‧不得」外，還有「動‧不得‧賓」，兩者使用領率大體相當；插入動結式、動趨式的急劇增加。此類「得$_1$」在現代僅語中得到進一步的發展，最突出的表現爲：「動‧賓‧不得」式徹底消失，全用「動‧不得‧賓」式。

B、《祖堂集》中表「時態——結果」的助詞「得$_2$」，在《水滸》中有了更大的發展，不但頻率高，而且範圍也擴大，已廣泛地用於動作的空間趨向（如「進得汴梁城」、「下得山來」、「出得城去」、「逃得回來」。這類近代漢語特有的助詞「得$_2$」，現代漢語已不使用。

C、《水滸》中還廣泛地使用了《祖堂集》中還未見到的助詞「得$_3$」。此類「得$_3$」，連接表示程度、狀態的補語（如「剔得明亮」「說得有理」「憂得你苦」「害得我不淺」），這也是現代漢語常用的一類助詞。

D、《祖堂集》中的助詞「得」，看來仍是正常的原字的讀音，因爲它與助詞「底」（即後來的「的」）在用字上絲毫不混。《水滸》中助詞「得」的讀音已相當輕化，因而「得」常常寫成另一類助詞「的」的「的」（如「到的水邊」、「殺的星落雲散」、「若依不的」），現代漢語助詞「得」的讀音則完全輕化。

從上述幾點基本情況可以看出：助動詞「得」的廣泛使用，助詞「得$_1$」、「得$_2$」的出現，說明「得」在《祖堂集》成書時已經進入了近代漢語時期，當然還衹是近代漢語的早期。到《水滸》成書的元末明初即已進入近代漢語的成熟期（或中期），此後則逐步向現代僅語過渡。

（原載《古漢語研究》1991 年第 3 期）

《祖堂集》中能可助動詞
「得」「可」「能」「解」的異同

　　《祖堂集》中，表示能可的助動詞有四個，共使用 1115 次：「得」占 60.9%，「可」占 14.7%，「能」占 14.2%，「解」占 10.2%。本文從意義和用法兩個方面考察這一組助動詞的異同。

意義方面

　　《祖堂集》中，「得」、「可」、「能」、「解」四個助動詞表示的能可，具有如下四種意義。

（一）表示客觀條件的能夠

　　此種意義共 647 次，全部用「得」。

> 一切善惡都莫思量，自然得入心體。1・95
>
> 師曰：「與摩則子得入門也。」2・61
>
> 云：「未必小兒得見君王。」3・45
>
> 三十年來作餓鬼，如今始得復人身。4・40

（二）表示主觀條件的能夠

　　此種意義共 242 次，用「能」，60%，用「解」，40%。

鍾期能聽白牙琴。1‧162

什摩人能到？3‧145

觀音妙智力，能救世間苦。4‧94

老僧自疾不能救，爭能救得諸人疾？5‧44

闍梨只解慎初，不解護末。3‧51

對云：「某甲有口，只解吃菜。」3‧73

若是與摩人始解見你病痛。4‧15

師云：「若無人解醫，老僧自醫」。5‧107

在這個意義上，「能」與「解」沒有什麼區別，因而，也能看到「能」「解」並用的句子：

解語非關舌，能言不是聲。1‧163

（三）表示客觀情理、環境的可能

此意義共 168 次，用「可」，82.2%，用「能」7.1%，用「解」10.7%。

若體此意，但可隨時著衣吃飯。4‧34

忽夢異人云：「今可行矣。」5‧13

舉一例諸足可知。1‧162

造次常流豈可明？1‧153

恒沙能有幾人知？1‧107

眾義豈能詮？2‧144

先師若不知有，又爭解與摩道？2‧16

僧云：「不解怪笑得麼？」師云：「非常怪笑得。」3‧86

（四）表示情理的許可

此意義只用否定式，共 58 次。用「得」，55.2%，用「可」，44.8%。

從今已後，第一不得行此事。1‧150

不得昧著招慶。4‧2

卻謂眾曰：「不得損著者個。」4‧95

向後不得辜負老僧。5‧105

師曰：「不可拗直作曲。」5‧21

師曰：「不可教後人斷絕去也。」4‧132

如今切不可焚也。1‧33

師曰：「不可長嗔長喜。」2‧39

這兩個詞，雖然都表許可，但一般說來，「得」的語氣較重。「可」的語氣稍緩。

用法方面

《祖堂集》中助動詞「得」「可」「能」「解」在用法上的異同，主要體現在如下五點上。

（一）否定式

助動詞「得」「可」「能」「解」都可用於否定式：

恐已榮毗，不得見佛。1‧24

融每常望雙峰山頂禮，恨未得親往面謁。1‧102

眞佛不可見。1‧109

雲泥未可訪孤寂。1‧161

父母非可比。1‧43

迹莫可測。5‧104

師兄平生不依法律，死後亦不能徇於世情。4‧91

況吾未能變易。1‧98

行不驚俗，世莫能疑。2‧8

馬師云：「汝渾不解射。」4‧51

就一個詞來說，用於肯定式和否定式的次數，全由語句內容而定，具有隨意性。但幾個意義大致相同的助動詞，如果用於肯定式和否定式比例相差不大，自是正常的事；如果相差過大，則值得注意。《祖堂集》中。這四個助動詞用於肯定式和否定式的次數和百分比如表一：

表一

	肯定式		否定式	
	次　數	百分比	次　數	百分比
「得」	554	81.6	125	18.4
「可」	44	26.8	120	73.2
「能」	113	71.5	45	28.5
「解」	92	80.7	22	19.3
合計	803	72.1	312	27.9

從表一可知，四個詞的總次數中，肯定式約為四分之三，否定式約為四分之一。「得」「能」「解」三詞均與此比例大致相近，唯獨「可」差別極大，多數與少數的內容正好與三詞相反，這應視為「可」的一個明顯特點。

（二）單獨作句子謂語

助動詞本是輔助其後的動詞，一般來說，它是不能單獨作謂語的。

《祖堂集》中，「能」沒有單獨作謂語的句子。

「解」「可」雖則也有如下單獨作謂語的句子，

> 又問：「解算不？」對曰：「解。」1‧120

> 對云：「傳來則不可。」4‧16

但只有一兩例，是孤例或罕例。因此「解」「可」也應視為不能單獨作謂語。

只有「得」，情況不同，它能單獨作謂語，而且數量相當多，約占總次數的三分之一。「得」單獨作謂語有兩種情況：

一部分作單句的謂語：這類句子除個別的是單獨作答外，一般主語為動詞、動賓詞組或主謂詞組，且多為疑問句。

> 峰云：「我有同行在彼，付汝信子得摩？」僧云：「得。」2‧94

> 思云：「你去讓和尚處達書得否？」1‧150

> 僧云：「某甲身為主事，未得修行，且乞七日得不？」2‧58

> 進曰：「求還得也無？」2‧122

> 借亦不得，捨亦不堪。2‧63

　　大多數用於緊縮複句的後一分句：這類句子與上面的單句不同，句子中「得」的前面都有起關聯作用的副詞（基本上是「始」、「則」，個別爲「即」）。用「始」的句子，前一分句往往還有「須」「須索」等呼應。

> 卻須問取曹溪始得。1・106
>
> 與摩須索你親問始得。4・5
>
> 師云：「待你自悟始得。」3・38
>
> 師云：「待我肯則得。」4・14
>
> 師曰：「喚作那邊人則不得。」2・70
>
> 師云：「與你剃頭即得，若是大事因緣即不得。」4・81～4・82

（三）主語的受事與施事

《祖堂集》中，用助動詞「得」「解」的句子，主語全部爲施事。

> 與摩則某甲不得見和尚本來師也。2・51
>
> 便問：「某甲則如此，和尚還解念經也無？」云：「我解念經。」
> 5・58～5・59

用助動詞「能」的句子，其主語也幾乎全部（98%）是施事：

> 夾山潛曰：「子善能哮吼。」3・12

主語爲受事的只是罕例：

> 心無相，用還深，無常境界不能侵。4・68

用助動詞「可」的句子，情況相反，主語大多數（81.7%）是受事。

> 佛法不可思議。2・113
>
> 極小纖小不可見。5・11
>
> 眞物不可得。2・4
>
> 志不可奪。5・113

只有少數（18.3%）是施事：

> 汝既證無漏，可現神變，以遣眾疑。1・29
>
> 去那裏不可只圖熱鬧。4・133

（四）是非問句

《祖堂集》中，用助動詞「能」「可」的句子，只有一二例是非問句：

> 此師後有人能繼不？1‧66
>
> 還可雕啄也無？4‧84
>
> 還可趣向否？5‧37

這是孤例或罕例。因此，總的來說，用「能」「可」的句子一般沒有是非問句的。

而用助動詞「得」「解」的句子，是非問句較多：「得」有 35 句，占總次數的 5.6%；「可」有 31 句，占總次數 27.2%。這類句子使用的助詞有「還」「也」「不」「摩」「無」「否」等，因而具體格式也就多種多樣：

> 師云：「老僧欲見闍梨本來師得不？」2‧561
>
> 師云：「有事囑闍梨得摩？」4‧54～4‧55
>
> 還有人得相似摩？3‧62
>
> 師兄離師左右，還得也無？1‧178
>
> 你去讓和尚處達書得否？1‧150
>
> 師云：「汝解射不？」4‧56
>
> 和尚云：「還解判得虛空不？」598
>
> 你還解捉得虛空摩？4‧51
>
> 禪客曰：「無情既有心，還解説法也無？」1‧122

（五）動詞後跟助詞「得」

助詞「得」置於動詞之後，表示可能。這種結構的前面一般是不再有表示能可的助詞的。

《祖堂集》中，助動詞「得」後的動詞，沒有再跟助詞「得」的。

助動詞「可」「能」後的動詞，也是幾乎全部不跟助詞「得」。跟助詞「得」的只是罕例：

> 報此深恩，莫可酬得。5‧100
>
> 其僧不能觀得。1‧139

助動詞「解」後動詞，帶助詞「得」的相當多，共有 26 例，約占總次數的

23%。

上座若解道得，則供養；若道不得，則且去。2‧66

汝還解舉得全也無？3‧140

與摩相告報，還解笑得我摩？3‧95

阿你若不得我力，爭解形得此問？3‧96

將上述《祖堂集》中四個能可助動詞的異同綜合爲表二，以此作結。

表二

	意義				用法				
	客觀能夠	主觀能夠	可能	許可	否定式	單獨作謂語	主語的施事與受事	是非問句	動詞後跟助詞「得」
「得」	基本上			個別	少數	能	全部施事	有	沒有
「可」			主要	少數	多數	幾乎不能	大多數受事少數施事	幾乎沒有	幾乎沒有
「能」		基本上	個別		少數	不能	幾乎全部施事	幾乎沒有	幾乎沒有
「解」		主要	少數		少數	幾乎不能	全部施事	有	有

*本文依據的是日本中文出版社 1974 年版的《祖堂集》。

（原載《語文新論：〈語文研究〉十五週年紀念文集》，

山西教育出版社，1996 年，第 196～202 頁）

《朱子語類》的被字句　附：其他被動句

　　《朱子語類》是南宋度宗咸淳六年（1270）黎靖德編輯出版的，它綜合了九十七家所記載的朱熹語錄。全書一百四十卷，共二百三十萬字，通書夾文夾白。朱熹，祖籍江西婺源，生於福建尤溪，一生主要活動區域都在長江以南；編者黎靖德及記載朱子語錄的九十七家，幾乎都是長江以南人氏。因此，《朱子語類》中的白話部分，大體上反映了南宋期間長江流域（偏中下游南部）一帶的口語面貌。

　　《朱子語類》中，共有被動句 926 例，其中被類句 572 例（被字句 566 例，「被……所」句 6 例），占 61.8%；為類句 301 例（為字句 69 例，「為……所」句 232 例）；另外還有少量的吃字句和蒙字句以及見字句、於字句、「見……於」句。

　　《朱子語類》文白夾用。就被動句而言，大體被類句、吃字句屬於白話系統，為類句、蒙字句、見字句、於字句，「見……於」句屬於文言系統。本文意在考察白話系統的被類句的情況。然而為類句、蒙字句並非純古代漢語形式，或多或少受到口語的影響。為了瞭解《朱子語類》中整個被動句情況，為了瞭解口語對文言格式的影響，故將為類句、見字句、於字句、「見……於」句附錄於後。吃字句雖屬白話，但為數不多，正文亦不提及，一併列入後面的附錄。

　　本文正文主要對被字句作多角度的詳細描述，同時也跟《祖堂集》進行比較。之所以和《祖堂集》比較，是因爲這兩書的白話部分所反映的口語地理分佈大致相同。通過比較，可以看到從南唐到南宋三百年來這一區域口語中被字句的發展情況。

　　關於《祖堂集》的被字句，袁賓先生在《中國語文》1989 年第 1 期中已作了比較詳細的論述。爲便於和《祖堂集》比較，本文對被字句採取了大致與該文相同的角度進行描寫。文中提到有關《祖堂集》的一些情況，均引自該文；爲節約篇幅，不一一注明。

　　本文依據的是中華書局 1986 年版的《朱子語類》，文中例句後的數字是指出自該書的頁碼。

一、關係語的有無

　　被字句中的關係語是指語法上介詞「被」的賓語、意義上爲動詞所表動作的發出者，也即所謂施事。

　　《朱子語類》的被字句中，有關係語的共有 503 例，占 88.9%，無關係語的共有 63 例，占 11.1%。對於關係語，在下一節「關係語的繁簡」中將專門論及，此處不談。本節只是對被字句無關係語的情況進行考察。

　　《朱子語類》中，被字句沒有關係語的情況有如下三種。

　　1、關係語無法說出

　　　　如一面鏡子，本全體通明，只被昏翳了。283

　　　　如受得一邑之宰，教做三年，這是命。到做得一年被罷去，也
　　是命。1435

　　　　寧身被恥辱，不徇人以非禮之恭。525

　　　　諫了又諫，被撻至於流血。704

　　這些例中，動詞所表動作「昏翳」、「罷」、「恥辱」、「撻」由誰發出，是無從知道的、說不出的，至多只能說是籠統而不確指的「人」或「物」罷了。

　　2、關係語無須說出

　　　　楚昭王招孔子，孔子過蔡被圍。445

　　　　季子既歸，而閔公被弒，慶父出奔。2162

方建康未回躍時，胡文定公方被召，沿江而下。3054

如劉禹錫作詩說張曲江無後，及武元衡被刺，亦作詩快之。3328

這些例中被字句所述之事，是歷史事實，動作「圍」、「弒」、「召」、「刺」的發出者，人們一般都知道；即使不知，也可從有關資料中查找。所以，說話者無須在被字句中把關係語說出來。

3、關係語承前省略

天理才勝，私欲便消；私欲才長，天理便被遮了。1063

某舊時讀詩，也只先看許多注解，少間卻被惑亂。2613

賈素無行，元豐中在大理爲蔡確鷹犬，申公亦被誣構。1137

且如見尊者而拜，禮也，我卻不拜，被詰問，則無以答，這便

是爲人所恥辱。522

第一例的關係語，是承前一小句的主語「私欲」而省。第二例的關係語，是承前一小句的賓語「注解」而省。第三例的關係語，是承前面第一小句的主語「賈」（賈種民）而省。第四例的關係語，則是承前一句的第一小句的賓語「尊者」而省。

被字句大約出現於戰國，普遍使用於漢代，那時都不出現關係語。四五世紀以後，被字句開始出現關係語，但只處於萌芽時期，無關係語的被字句仍佔有絕對的優勢。到了唐代，有了很大的發展。在《祖堂集》的被字句中，無關係語的已經下降至 22%，而《朱子語類》則進一步降至 11.1%，已處於絕對劣勢的地位。可以說，在被字句關係語的有無方面，《朱子語類》時期已經發展到了最高峰，表示已進入了近代漢語的成熟期，也奠定了現代漢語的基礎。因爲此後直至今日，無關係語的被字句並未逐步消失，仍然在繼續使用（當然比重也是極小的）。這自然有它的原因，我們不妨來進一步分析一下上述《朱子語類》被字句無關係語的三種情況。第一種無法說出關係語的，是人們生活中客觀實際在語言中的反映，自然有其存在的必要。第二種無須說出關係語和第三種承前省略關係語，都是在不影響準確交際的前提下語言上的簡練，有其積極意義。這種必要性和積極意義，就決定了無關係語的被字句需要繼續存在。

當然，《朱子語類》的無關係語被字句中，也有個別的有些費解，如：

只是殺賊一般，一次殺不退，只管殺，殺數次時，便被殺退了。572

此例很容易誤解爲「被賊殺退了」，其實，應該理解爲「賊被（殺賊的人）殺退了」才符合實際。像這個影響準確交際的無關係語被字句，其主語「賊」最好不要省去。

二、關係語的繁簡

《朱子語類》中，被字句的關係語可分單詞和詞組兩類。

1、單詞關係語

關係語爲單詞的共有 359 例，其中名詞有 183 例，占 51%，代詞有 176 例，占 49%。

（1）名詞關係語

名詞關係語有單音節 95 例（51.9%）、雙音節 86 例（47%）、三音節 2 例（1.1%）。

a、單音節名詞

單音節名詞關係語中，使用得最多的是「人」，有 66 例，占三分之二還多。如：

且如合當在堂上拜也，卻下堂拜，被人非笑，固是辱；合當堂下拜，卻在堂上拜，被人斥罵，亦是辱。524

若是一處做得不是，必被人看破了。1068

如富公更不行，自用他那法度，後來遂被人言。3093

當時屬公恁地弄得狼當，被人攛掇，胡亂殺了。2168

第一例的「非笑」、「斥罵」與第二例的「看破」到底由哪個（些）具體的人發出，無從知道；後兩例的「言」與「殺」動作的發出者，雖然也知道或能查到，但無須具體說出。這樣，這些句子都只用了一個籠統而不確指的單音節名詞「人」就可以了，同時，這個「人」在句子中也起了湊個音節以緩和語氣的作用，這就是「人」被大量使用的主要原因。從這裡，我們似乎看到，如無關係語（無法說出和無須說出的兩類）需要改換成有關係語，這樣的「人」確實充當了一個很好的角色。

為了確指具體的動作發出者，自然也需要使用其他的單音節名詞。如：

> 常有今人被弟激惱，便常以為恨，而愛弟之心減少矣。1358

> 惡不仁，是曾被病害，知得病源，惟恐病來侵害。652

> 陰陽五行交錯雜糅而有昏濁，便是那水被泥汙也。2427

> 陳同父一生被史壞了。2965

> 後來只被血薰殺了。3289

b、雙音節名詞

充當關係語的雙音節名詞絕大多數是普通名詞，如：

> 未廝殺時，已被將官打得不成模樣了。3047

> 才略晴，被日頭略照，又蒸得雨來。150

> 某初不知，外面被門子止約了。2277

> 若自家被文字來叢了，討頭不見，吏胥便來作弊。2648

> 人心本明，只被物事在上面蓋蔽了。205

> 鏡本來明，被塵垢一蔽，遂不明。781

少數為人名，如：

> 只為被孟子勘破，其詞窮，遂為此說。1274

> 才交談，便被石霜降下。3184

c、三音節名詞

三音節名詞關係語均為人名，如：

> 然各家亦被韓文公說得也狠狽。3305

（2）代詞關係語

代詞關係語中，幾乎都是單音節詞，共有 172 例（97.7%），雙音節詞只有 4 例（2.3%）。

a、單音節代詞

充當關係語的單音節代詞中，使用得最多的是「他」（包括「它」），共有 153 例，占 86.9%。無論從具體數量還從比重方面來說，「他」都遠遠超過了單音節名詞關係語「人」，這是因為「他」（或「它」）既能代人，又能代物；同時被動式中，都極少涉及到對我雙方（第二人稱和第一人稱）為關係語，這就

極大地增大了「他」的使用頻率。如：

> 韓魏公作相，溫公在言路，凡事頗不以魏公爲然，魏公甚被他激撓。2652～2653

> 老子言：「……」。被它說得曲盡。2999

> 人若有氣魄，方做得成事，於世間禍福得喪利害方敵得住，不被他恐動。1243

> 欲與剛正相反，若耳之欲聲，目之欲色之類，皆是欲。才有些被它牽引去，此中便無所言，焉得剛？722～723

前兩例的關係語「他」、「它」分別代人（「溫公」、「老子」），後兩例的關係語「他」、「它」則分別代物（「禍福得喪利害」、「欲」）。

作關係語的其他單音節代詞還有「你」、「我」、「其」、「某」，如：

> 天下事那裏都被你算得盡！738

> 被我忽然看見。229

> 看易傳，若自無所得，縱看數家，反被其惑。1650

> 嘗有一官人斷爭田事，被某撥了案。2823

b、雙音節代詞

作關係語的雙音節代詞有「他們」、「自家」兩個，如：

> 此伊川一時被他們逼，且如此說了。1386

> 若今日讀不得，明日又讀；明日讀不得，後日又讀，須被自家讀得。2805

2、詞組關係語

被字句關係語爲詞組的共有 144 例，有四種類型：並列詞組（13.2%）、偏正詞組（70.1%）、同位詞組（1.4%）和綜合詞組（15.3%）。

（1）並列詞組

有 19 例，如：

> 朱勝非卻也未爲大乖，當時被苗劉做得來可畏了，被義兵來，劖地壞了他事。3052（苗：苗傅；劉：劉正彥）

> 被夷狄侮，他只忍受。3051

須是理會來理會去，理會得意思到，似被膠漆粘住時，方是長
進也。2743

然才發，便被氣稟物欲隨即蔽錮之，不教它發。229

（2）偏正詞組

有 101 例，分如下幾小類：

a、形・名（41 例）

雪花所以必六出者，蓋只是霰下，被猛風拍開，故成六出。23

若被舊說一局局定，便看不出。2085

蓋自有一樣事，被諸先生說成數樣，所以便著疑。186

b、代・名（35 例）

天下事被汝翁作壞了。2571

這道理亦只在裡面，則此心便被這昏濁遮蔽了。1389

若執著一見，則此心便被此見遮蔽了。184

但當時諸侯入關，皆被那章邯併敗了。2301

聞亦有人來說幾處可用，都被那邊計較阻抑了。2668

不知當時韓持國合下被甚人教得個矮底禪如此？2500

c、名・名（13 例）

龜山亦被孫覿輩窘擾。2573（輩：名詞，表示……一類人）

詩本易明，只被前面序作梗。2074

d、數（量）・名（8 例）

如鏡中被一物遮其光，故不甚見。21

且如今被些子燈花落手，便說痛。514

忽然被一個人恁地硬振，他如何不動？271

被幾個秀才在這裡翻弄那吏文，翻得來難看。2688

e、「底」字結構（6 例）

若己私未克，則被粗底夾和在，何止二三！2864

所以孝宗盡被這樣底欺，做事不成。3199

（3）同位詞組

此類極少，僅 2 例：

才到那裏，便被守把老閣促將去。2668

後世被他佛法橫入來，鬼神也沒理會了。3028

（4）綜合詞組

此類是由前面各類詞組綜合而成，共有 22 例。如：

管蔡呆，想被這幾個唆動了。2113

被這一人來添些水。2607

看來他也是暗於事機，被那兩個小人恁地弄後，卻不知。2063

終是被這一塊實底物事隔住。21

多少被他這個十六字礙。2034

管蔡必是被武庚與商之頑民每日將酒去灌啖它。2113

如今人雖欲為善，又被一個不欲為善之意來妨了。355

被字句出現關係語的初期，關係語一般都是名詞。唐代以來，有了發展，關係語由名詞擴大到詞組。到了《朱子語類》時，則有更大的發展。拿它與《祖堂集》比較，就可以看出如下三個明顯的特點。

a、關係語中，詞組占的比重較大幅度的增大了

《祖堂集》中，關係語為單詞的占 86.4%，為詞組的占 13.6%；而《朱子語類》中，關係語為單詞的已下降為 71.4%，為詞組的則上升為 28.6%（增長了一倍多）。詞組比重較大幅度的上升，意味著《朱子語類》時被字句的關係語越來越繁了。

b、充當關係語的單詞，類別增加了

《祖堂集》中，關係語均為名詞。而《朱子語類》中，不但用名詞，而且也使用代詞，且代詞中，人稱、指示、疑問三類都有；名詞與代詞所佔的百分比大致相等。關係語大量使用代詞，這應該說是被字句使用範圍的一個大發展。

c、充當關係語的單詞中，重點詞非常突出

《祖堂集》中，充當關係語的單詞，還沒有出現重點詞。《朱子語類》卻不

同，名詞關係語的「人」即占36.1%，代詞關係語的「他」（「它」）竟占86.9%，這兩個詞合占整個單詞關係語總數的61%。這兩個重點詞的大量使用，促進了被字句的使用頻率大幅度的增長。

這三個特點可以說明：在被字句關係語的繁化方面，從《祖堂集》到《朱子語類》的這段時期，向前邁進了很大的一步。

三、孤獨動詞

這裡所說的孤獨動詞，是指被字句中前無狀語及「所」字，後又無賓語、補語或助詞的動詞。

《朱子語類》的被字句中，孤獨動詞共有102例，占總數的18%。下面從單音節孤獨動詞和雙音節孤獨動詞兩方面介紹。

1、單音節孤獨動詞（60例）

舉官必被責。3059

一生被這理玩，一生被這心撓。662

不比如今大臣，才被人論，便可逐去。2170

如今人都被書序誤。1361

豈不被他累！1522

若是有實學底人，如何被他謾！2940

被字句的主語，一般就是主動句的動詞賓語。原先的動詞賓語被提前作主語以後，勢必在動詞後產生空缺。由於缺少其他成分，就容易出現孤獨動詞的現象。在漢語詞的雙音節化還處於前期階段（單音節詞還占絕大多數），在新的語法形式（如「了」、「著」、「得」、「將」等助詞和處置式、使成式等）還處於萌芽、興起階段，孤獨動詞中的單音節動詞占的比重自然要大些。這對使用此等發展程度的漢語的當時的人們來說，並不感到或者不甚感到由單音節孤獨動詞所產生的語氣急促感。然而，隨著漢語的繼續向前發展，雙音節詞逐漸增多，新的語法形式逐步普遍使用，此時的人們對單音節孤獨動詞所產生的語氣急促感也就逐步強烈起來。這樣，勢必使得單音節孤獨動詞的比重逐漸下降，《朱子語類》更體現了這種下降趨勢的加速。拿它和《祖堂集》比較，可以得出如下兩組百分比（前者爲《祖堂集》，後者爲《朱子語類》）：

a、孤獨動詞中的單音節動詞：72%→58.8%；

b、被字句總數中的單音節孤獨動詞：30.5%→11.9%。

兩組都呈降勢，而且降幅都相當大：a組是由優勢降至微弱優勢，b組是由劣勢降為絕對劣勢。這可以說明，從《祖堂集》到《朱子語類》的這段時期，單音節孤獨動詞衰退的速度是相當快的。在有了更大發展的現代漢語，除某些韻文外，已不再使用這種語氣急促的單音節孤獨動詞形式的被字句了。

2、雙音節孤獨動詞（42例）

> 如此則被夏人掩殺。3188

> 鬼亦被他迷惑。3038

> 便如水被些障塞，不得滔滔地流去。977

> 被那舊習纏繞，如何便擺脫得去。145

> 寧身被困辱，不徇人以失禮之恭。525

孤獨動詞中，雙音節動詞的比重是逐步增大的，如《祖堂集》為28%，而《朱子語類》則為41.2%。這種增大主要由於：（1）漢語單詞雙音節化進程加速，複音詞增多；（2）雙音詞動詞一般是由兩個單音節的詞作為詞素，通過各種方式（其中包括動賓、動補、狀動）組合而成的，這樣也就相當於原單音節孤獨動詞的前面或後面有了附加成分，舒緩了語氣。

但是，新的語法形式的大量使用，形成被字句孤獨動詞的機會越來越少；儘管雙音節孤獨動詞句要比單音節孤獨動詞句的語氣要和緩一些，而在整個被字句總數中的比重仍然不可避免地越來越小。如《祖堂集》中，雙音節孤獨動詞有7例，占被字句總數（59例）的11.9%，而在《朱子語類》中，則更進一步下降為8.3%。

現代漢語中，雖然也偶然出現一些雙音節孤獨動詞，但有著種種限制，如「被」字前面需要有助動詞或表時間的詞語等。在《朱子語類》中，也有類似的例子：

> 直至梁會通間，達磨入來，然後一切被他掃蕩，不立文字，直指人心。3011

但是這種情況極少（僅有4例），且只限於「被」字前面有時間詞語。這或許也可視為前面所提到的現代漢語的種種限制的一種萌芽。

四、動詞前的狀語

《朱子語類》中，被字句動詞前面有狀語的共有 73 例。按狀語的構成，可以分爲單詞狀語、詞組狀語和多重狀語三類。

1、單詞狀語（45 例）

作狀語的單詞中，用得最多的是副詞，如：

> 只被今人只知計利害，於是非全輕了。3263
>
> 被日頭略照，又蒸得雨來。150
>
> 若不如此，被外人驀然捉將去，也不知。153
>
> 被他肆然做，終春秋之世。2149
>
> 便被別人胡亂引去耳。293

其他則爲數詞、形容詞、代詞和名詞，如：

> 被私欲一隔，心便違仁去，卻爲二物。781
>
> 伊川之語想是被門人錯記了，不可知。955
>
> 本是一物，被他恁地說，卻似二物。2533
>
> 被他手殺了幾個人。3163

2、詞組狀語（20 例）

作狀語的詞組，多數是介賓詞組，使用的介詞有「把」、「將」、「以」、「在」、「自」、「並」、「就」（「就」的例句見下「多重詞組」），如：

> 不合被近日諸公不愛把恢復來說了。549
>
> 被利欲將這個心包了。404
>
> 又被人以先生長者目我，便不去下問。2493（「目」活用爲動詞）
>
> 被那虛底在裡面夾雜，便將實底一齊打壞了。326
>
> 本是浩然，被人自少時壞了。1260
>
> 心要恁地做，卻被意從後面牽將去。342
>
> 被賊並妳子劫去。3293

少數爲其他詞組，如：

> 被他一一捉住病痛。3126

若被他一下鼓動得去，直是能生事。3216

3、多重狀語（8例）

多重狀語由上述兩類配合而成，如：

只被他常常恁地抱得成。132

忽然被一個人恁地硬振，他如何不動！2171

終是被他在後乘間作撓。3237

被他只就一個「敬」字做工夫。2575

被他當日自謂有定策功，宣仁亦甚惡之。3107

被字句在出現關係語之前，「被」字一直緊緊附在動詞的前面，自然，動詞前面不會出現什麼狀語。被字句在出現關係語以後，相當長的一個時期，動詞之前也沒有狀語。到了唐代，被字句動詞前面開始出現狀語。《祖堂集》中，動詞前有狀語的只占被字句總數的 6.6%（除掉似應作連動式為宜的「攔胸托出雲」一例），《朱子語類》中則已達 12.9%，而且構成形式也多樣（特別是處置式的使用）。這說明，「被」與動詞之間的空間逐步擴大，使得被字句更為靈活、豐富。

五、動詞的賓語

一般來說，主動句的動詞賓語被提到前面作主語，使得句子成為被動句以後，動詞後面是不會再有什麼賓語的。但是，由於表達交際的種種需要，被動句中仍有一部分動詞帶有賓語，《朱子語類》中的被字句也有這種情況。

《朱子語類》中，動詞帶賓語的被字句共有 53 例，占總數的 9.4%。這些動詞賓語有如下幾種情況。

1、賓語為代詞，復指主語（7例）

則汝功已被張分之矣。3053

得這夜氣來涵養自家良心，又便被他旦晝所為梏亡之。1396

德修向時之事，不合將許多條法與壽星看，暴露了，被小人知之。2790

蓋人心本善，方其見善欲為之時，此是真心發見之端。然才發，便被氣稟物欲隨即蔽錮之，不教它發。228～229

管蔡必是被武庚與商之頑民每日將酒去灌啖它，乘醉以語言離

間之曰：「……」。2113

第一例賓語「之」復指本句主語「汝功」，這是一個簡單的句子，容易看出。其他幾例都是比較複雜的句子。第二例的賓語「之」復指承前省略了的主語「良心」，而「良心」是前一小句的賓語。第三例的賓語「之」復指承前省略了的主語「德修向時之事」，而它是隔了一句的第一小句的主語。第四例的賓語「之」則是復指上一個複句中的「真心」。第五例中的兩個賓語「它」與「之」都是復指「管蔡」：第一小句主語「管蔡」與動詞「灌啖」之間，各種句子成分比較多；第二小句則不但與第一小句共主語「管蔡」，而且也共介詞「被」，更不容易理解。為表達交際的明確起見，像這類複雜的被字句的動詞後，再用上賓語「之」、「它」來復指主語，看來是很有必要的。

2、賓語是主語所表事物的組成部分或者屬其所有（13 例）

此類賓語，從構成來看，有兩種情況。

（1）賓語有代詞作定語，代詞為「其」，代主語（6 例）

舊有一邑，泥塑一大佛，一方尊信之。後被一無狀宗子斷其

首。36

誤人誤人！可悲可悲！分明是被他塗其耳目，至今猶不覺悟。

2979

如項羽一個意氣如此，才被漢王數其罪十，便覺沮去不好了。

1264

子宣……。卻又被諸公時攻其短。3106

第一例的「其」代承上句省略的主語「大佛」，「首」是「大佛」的一個組成部分。第二例的「其」代承上句省略的主語「人」，「耳目」是「人」的組成部分。第三例的「其」代承前一小句省略的主語「項羽」，「罪十」是屬於「項羽」的。第四例的「其」則代承前一複句省略的主語「子宣」，「短」屬於「子宣」的。

（2）賓語沒有代詞定語（7 例）

子若有救之之心，便是被牽動了心。3109

温公之説，前後自不相照應，被他一一捉住病痛，敲點出來。
3126

若被他移了志，則更無醫處矣。246

少間盡被這些子能解擔閣了一生。2493

第一例的賓語「心」屬於主語「子」。第二例的賓語「病痛」屬於承前一小句省略的主語「温公之說」。第三例和第四例的賓語「志」和「一生」則屬於泛指的不能出現的主語「人」。

這類句子帶賓語是被字句的一種靈活形式。如果將賓語也移到前面作為主語的中心詞（原主語作定語），當然大多數還可以，但有一部分（如最後兩例）則不行。所以，從這方面來看，這類動詞帶賓語的被字句也還有存在的必要。

（3）賓語是主語被動作所造成的結果（3例）

「棐」字只與「匪」通，被人錯解作「輔」字，至今誤用。2007

蓋自有一樣事，被諸先生說成數樣，所以便著疑。186

第一例賓語「『輔』字」，是主語「『棐』字」被動作「解」造成的結果。第二例賓語「數樣」則是主語「一樣事」被動作「說」造成的結果。這樣的句子，如果不將結果以賓語形式列出，句意不完整；而將結果以別的句子成分列出，句子又很難處理。

（4）賓語是述說一類動詞的內容（11例）

此類賓語多數是表示述說一類動詞的間接引語，如：

伯恭少時被人說他不曉事。2953

又被一個意道不須恁地做也得。342

又如蔡新州事，被他當時自謂有定策功。3107

劉元城屢被人嚇令自裁。3126

少數為直接引語，如：

被某罵云：「便是某與陸丈言不足聽，亦有數年之長，何故恁地作怪！」2911～2912

上面這些例句，如果僅僅用上動詞「說」、「道」、「謂」、「令」、「云」，句子意思也不完全，必須以賓語形式引出其內容，才能看出它對主語的影響。

（5）動賓結構是當時流行的一種習慣詞組（5 例）

> 被他先做腳手。2790
>
> 被他只就一個「敬」字做工夫。2575
>
> 必被他無禮。3302

這些例句中，如果光有動詞「做」、「無」，或者光有賓語「腳手」、「工夫」、「禮」，都與主語難以發生什麼關係，必須兩者結合成詞組「做腳手」、「做工夫」、「無禮」，表示一件事，而這件事便可給主語帶來影響。

（6）整個動賓詞組表示一件事（14 例）

此類與上類有相同之處（即以動賓詞組所表之事影響主語），也有不同的地方：上類的動賓是一種慣用詞組，多數不是用這種動賓結構所表的本來意思，而是引申義；本類則是動詞與賓語的臨時結合，用的是這種動賓詞組所表示的本來意義。如：

> 今人解書，如一盞酒，本自好；被這一人來添些水，那一人來
>
> 又添些水，次第添來添去，都淡了。2607
>
> 且一邦一家，力勢也甚大。然被彼利口之人說一兩句，便有傾
>
> 覆之患。1188
>
> 而今學者未有疑，卻反被這方生出疑！258
>
> 嘗有一人斷爭田事，被某撥了案，其官人卻來那穿疑處考出。
>
> 2823

這幾例也是僅從賓語與主語（「水」與「酒」、「一兩句」與「一邦一家」、「疑」與「學者」、「案」與「一人」）之間很難找到直接關係，而賓語與動詞結合成一件事（「添些水」、「說一兩句」、「生出疑」、「撥了案」）後，便影響了主語。

上面六種情況說明：被字句中動詞帶賓語，並非多餘的消極現象，而是出於表達交際的實際需要，是對被字句的一種有益的補充，有積極作用。正因為如此，這種格式在唐代即已出現，《祖堂集》和《朱子語類》都在使用，以後《水滸傳》、《金瓶梅》、《西遊記》、《紅樓夢》都還使用，直到今天的現代漢語，不但在使用，而且更有所發展。

六、動詞的補語

《朱子語類》中，動詞帶補語的被字句共有 201 例，補語有程度、結果、可能、趨向、處所、時間六種。

1、程度補語（33 例）

程度補語的大部分（60.6%）是動詞和補語之間使用助詞「得」，如：

> 當時也是被他害得猛。1304

> 又頃被人抬獎得太過。3183

> 只被後來人説得太重了。1441

> 被人守得如此好！3189

> 然各家亦被韓文公説得也狼狽。3305

> 卻被項羽來殺得狼當走。2302

> 被他稱停得也不多半個字，也不少半個字。491

個別的在「得」後再跟上一個「來」字，如：

> 有幾處被前輩説得來大，今收拾不得。1068

> 被幾個秀才在這裡翻弄那吏文，翻得來難看。2688

其他的則是補語直接跟在動詞後面，如：

> 被他靜極了。2543

> 但子夏此兩句被他説殺了。501

> 被撞至於流血。705

> 唯是被囚不死不活，這地位如何處！1192

2、結果補語（77 例）

結果補語大部分（63.3%）是補語直接跟在動詞後面，如：

> 必是被人看破了。1068

> 都是被氣滾亂了。1387

> 所以被他説動了。3111

> 然都被下面做翻了。2733

> 雪花……，被猛風拍開，故成六出。23

一部分是動詞和補語之間加上助詞「得」，如：

> 被他分析得項數多。338

> 便被這物事壓得頭低了。723

> 此數句被恁地說得倒了，也自難曉。1414

> 今被諸家解得卻成怨君，不成模樣。3297

> 被子貢說得「博施濟眾」高似於仁了。842

個別的「得」後再跟一個「來」字，如：

> 都被人說得來事多，失了他「潔淨精微」之意。1696

3、可能補語（5例）

可能補語全部是動詞後面跟上助詞「得」，如：

> 子思、曾子直恁地，方被他打得透。2532

> 如雞抱卵，看來抱得有甚煖氣，只被他常常恁地抱得成。132

> 某在漳州解發銀子，折了星兩，運司來取，被某不能管得。2220

4、趨向補語（67例）

趨向補語都是動詞後面跟上趨向動詞。趨向動詞中，用得最多的是「去」，佔有一半。如：

> 忽被人借去。784

> 自家有個大寶珠，被他竊去了。3011

> 然亦是自家好惡無節，所以被物欲誘去。2253

> 若當時驟然被人將去，則國勢也解不振。3214

這種趨向動詞「去」也可以附在助詞「將」的後面，如：

> 卻被他引將去。3111

> 不安者卻依舊被私欲牽將去。2936

使用的其他趨向動詞還有「起」、「下」、「下來」、「下去」、「出來」、「入來」、「入去」，如：

> 或他日被人問起，又遂旋扭捏說得些小，過了又忘記了。2803

> 所以被他降下。3036

然若還被人放下來，更就事上理會，又卻易。2939

小人徇人欲，只管被它墜下去。1231～1232

不信神怪不可，被猛撞出來後，如何處置。2498

後世被他佛法橫入來，鬼神也沒理會了。3028

所以便溺於他之說，被人引入去。3036

5、處所狀語（18 例）

處所狀語中，有一半是使用介詞詞組「在……」，如：

只被亂在變雅中。2128

後來被學者將元說拆開分佈在他處。695

被那軟處抨在這裡。1203

只被紂困繫在此。1194

其他的則採用與趨向動詞結合等方式，如：

如何會被人引去草中！93

又被人趕上高處去。1850

便是我被那私欲挨出在外面。789

被人寫放冊上。624

6、時間補語（1 例）

當日未有明道之士，被他說用於世千餘年。3254

被字句出現關係語以後的一個相當長的時期，一般都不帶補語。到了唐代，帶補語的被字句逐漸多了起來，到《朱子語類》時，則出現相當普遍。跟《祖堂集》比較，便可以看出《朱子語類》中帶補語的被字句有如下一些特點。

a、在被字句總數中，帶補語的所佔的比重增大了：《祖堂集》中爲 21.9%，《朱子語類》中則上升爲 35.5%，也就是說，由五分之一上升到三分之一。

b、補語的種類增多了：《祖堂集》中有處所、程度、結果和趨向四種補語，《朱子語類》中又增加了可能補語和時間補語二種，共達六種。

c、新的方式大量使用：如助詞「得」，《祖堂集》中僅占補語的 5.9%（1

例），在《朱子語類》中則上升爲 25.4%（51 例）。又如**趨向動詞**，《祖堂集》中占補語的 23.5%（4 例），《朱子語類》中上升爲 35.3%（71 例），其中有些還和助詞「將」結合使用。

這些說明，在補語的使用比重、種類、方式等方面，《朱子語類》都有了比較大的發展。

七、動詞所帶的助詞

《朱子語類》中，被動句動詞後面可以帶助詞，帶助詞的共有 254 例，使用的助詞有 11 個，它們是：「了」、「得」、「卻」、「著」、「過」、「底」、「在」、「在裡」、「將」、「矣」、「耳」。

1、了

「了」是使用最多的一個助詞，共有 147 例。一般都沒有動詞賓語，如：

> 被此生壞了後，理終是拗不轉來。74
>
> 又如水被泥土塞了，所以不流。2854
>
> 若才攻慢，便被他殺了。2803
>
> 當時被他取了，秦也不曾做聲。3214
>
> 是被這兩個阻障了，所以知識不明。412
>
> 都被那邊計較阻抑了。2668

動詞有賓語時，「了」一般都附於動詞之後，個別的在動賓之後。如：

> 日日檢點了，如此方不被人瞞了事。2657
>
> 便是被愛牽動了心。3019
>
> 被義兵來，剗地壞了他事。3052
>
> 高宗初見秦能擔當得和議，遂悉以國柄付了；被他入手了，高
>
> 宗更收不上。3162

如果是動補結構，「了」則置於補語之後（例見補語部分）。

2、得（61 例）

助詞「得」主要用於表示可能、程度、結果的補語中（例見補語部分），另外有 10 例則爲時態助詞。不管有無賓語，「得」一律緊跟動詞，如：

不成眞個有一個物事在那裏，被我見得。799

自是小人皆不敢爲非，被君子夾持得，皆革面做好人了。1759

合下便被他綽見得這個物事。2826

3、卻（8例）

前輩說這一句，多是被不如己者不與爲友底意思礙卻。506

今不合被橫圖在中間塞卻。1613

若科舉七分，讀書三分，將來必被他勝卻。243

如被人少卻百貫千貫，卻不管；及被人少卻百錢千錢，便反到要與理會。2696

4、著（4例）

言天下自是天下，我事自是我事，不被他天下來移著。944

自家也不知得合行大路，然被小路有個物事引著，不知不覺，走從小路去。2875

5、底（8例）

如一椀飯在這裡，才去爭，也有爭得不被人打底，也有爭得被人打底，也有爭不得被人打底。3291

一時被它聳動底，亦便清明。2975

未曾被虎傷底，須逐旋思量個被傷底道理。309

6、過（4例）

前後官都被某見過，無不巧作名色支破者。2651

被他謾過，理會不得，便有陷溺。2792

7、在（1例）

若己私未克，則被粗底夾和在，何止二三！2864

8、在裡（1例）

恁地橫論，卻不與他剖說打教破，卻和他都自被包裹在裡。2965

9、將（17例）

「將」不單用，只與趨向動詞「去」結合成「將去」，附於動詞之後（例見

補語部分）。

10、矣（2 例）

　　　苟只靜時能定，則動時恐卻被物誘去矣。2442

11、耳（1 例）

　　　或暗地裡行，便被別人胡亂引去耳。293

被字句中動詞帶助詞，在唐代已逐步使用開來，宋代更有發展。跟《祖堂集》比較，《朱子語類》中動詞後跟助詞有如下三個特點。

a、被字句總數中，動詞後帶助詞的所佔比重增加了：《祖堂集》中占14.5%，《朱子語類》中已爲 44.9%，由七分之一上升到近二分之一。

b、被字句動詞後面跟的助詞類別增多了：《祖堂集》中有 8 個，《朱子語類》中已有 11 個。

c、被字句動詞後面所跟的助詞中，重點詞突出：《祖堂集》中，8 個助詞分佈在 11 個句子中，還談不上有什麼重點詞，而《朱子語類》的 254個句子中，「了」便占 57.9%，「得」占 24%，「將」占 6.7%，這三個助詞合占總數的 88.6%。「了」是近代漢語新起的助詞，一直到現代漢語，仍在大量使用；「得」廣泛地使用於近代漢語，其基本用法都爲現代漢語保留；「將」則是近代漢語特有的助詞，現代漢語已不再使用。

這些特點說明，在被字句動詞帶助詞方面，《朱子語類》又前進了一大步。

八、被字句的否定形式

這裡談的被字句否定形式的內容，僅指這種形式中否定詞的位置。

《朱子語類》中，被字句的否定形式極少，只有 17 例，使用的否定詞是「不」，它的位置有二。

1、「不」在「被」字之前（12 例）

　　　不被那人欲來苦楚，自恁地快活。799

　　　不被它恐動。1243

　　　縣道知得限嚴，也不被他邀索。2649

　　　如此方不被人瞞了事。2657

2、「不」在「被」字之後（5例）

> 禮數過當，被人不管，豈不爲恥！1525

> 曾子只緣魯鈍，被他不肯放過。1018

> 及王齊賢去，顏依舊行下約束，卻被某不能管得，只認支使了。2682

直到《祖堂集》，被字句否定形式中否定詞都只放在「被」字的前面。《朱子語類》中，「不」也能放在「被」字的後面，這不能不說是一個特點。這也說明，在南宋時代，否定詞即可置於「被」字後面，並不限於金元時代的北方作品。至於現代漢語，否定詞都只放在「被」字之前。

九、「被……所」句

《朱子語類》中，「被……所」句極少，僅如下4例：

> 子開因蔡確事，被劉器之所逐。3123

> 一樣人是憚勞，懶做事，卻被那說所誑。2652

> 至於禽獸，亦是此性，只被他形體所拘，生得蔽隔之甚，無可通處。58

> 高麗與女眞相接，不被女眞所滅者，多是有術以制之。3192

從這些句子可以看出，「被……所」句的特點，《朱子語類》和《祖堂集》相同，即：必有關係語，動詞爲單音節，動詞前無狀語，後無賓語、補語及助詞。使用頻率方面，《祖堂集》要高，爲被字句的 5.3%，而《朱子語類》僅爲 0.7%。

「被……所」句可能是受文言格式「爲……所」句的影響類化而來，但在《朱子語類》中，「被……所」句和「爲……所」句也有所不同。一是數量相差懸殊：「被……所」句僅及被字句的 0.7%，而「爲……所」句則達被字句的41%。二是「爲……所」句要比「被……所」句開放得多，主要表現在：可以不出現關係語，動詞可以是雙音節，動詞後面可以帶賓語、補語及助詞等方面（詳見後「附『爲……所』句」部分）。正因爲「被……所」句的種種局限，以後也一直使用得很少，現代漢語則完全不用。

十、被字句的色彩

這裡所談的被字句的色彩，包含兩個內容：感情色彩與非被動色彩。

1、被字句的感情色彩

總的說來，被字句一般都帶有一種消極色彩，也即表示不幸或不愉快的事情。古代漢語是這樣，近代漢語也是這樣，現代漢語還是這樣。

《朱子語類》中，絕大多數被字句，從句子本身所使用的詞語就很容易看出動詞對主語（出現的、不出現的）帶來的不幸或者不愉快，如：

> 如唐高宗、太宗之子孫被武后殺盡。2722
>
> 汪聖錫、呂居仁輩稍謹願，痛被他薄賤。2973
>
> 一城被圍，郡將無計。3165
>
> 志若可奪，則如三軍之帥被人奪了。982
>
> 如被人罵，便說被人打；被人打，便說人要殺。1083

這些例中的「殺盡」、「薄賤」、「圍」、「奪了」、「罵」、「打」等詞語本身都足以說明給主語帶來的不幸或不愉快。

但是，也有一小部分被字句不容易看出它的消極色彩。

有些被字句本身是中性的，其消極色彩須聯繫上下文才能察覺，如：

> 且如在此靜坐時，固敬，應事接物，能免不差否？只才被人叫
> 時，自家便隨他去了，須於應事接物上不錯，方是。這個便是難。
> 213

此例，光是「被人叫」本身，無所謂幸與不幸、愉快與不愉快，是中性；然而從上下文來看，「被人叫」時即「隨他去」，就難「免不差」，難以做到「敬」，仍給主語帶來不幸或不愉快。

有些被字句本身竟是有幸，然聯繫上下文看，仍屬不幸，如：

> 夜來說尊敬話，這處認不得，當下便是病。而今說被他敬，去
> 仕他。若是個賤來尊敬自家，自家還從他不從他！但看義如何耳。
> 1025

此例「被他敬」本身自是好事，而根據前後文，說的是孔門弟子如由（子路）求（冉有）被季氏（權勢大於魯侯的魯大夫）敬而「去仕他」，幫他幹不義之事。從這方面看，此句中的「被他敬」實為不幸。

《朱子語類》中，也有極個別的被字句並不具有消極色彩，是中性的，有的甚至還具有積極色彩。如：

> 如雞抱卵，看來抱得有甚暖氣，只被他常常抱得成。132

> 有客遊二廣多年，知其山川人物風俗，因言廉州山川極好，先生笑曰：「被賢説得好，下梢不免去行一番。」2671

> 某作六先生贊，伯恭曰：「伊川贊尤好。」蓋某是當初見得個意思恁地，所謂「布帛之文，菽粟之味，知德者希，孰識其貴」也，被伯恭看得好。797

第一例，「卵」被雞「抱得成」，這個無所謂好與不好，幸與不幸，只表被動而已，並不具有消極色彩，屬中性。後兩句，無論從被字句本身來看，還是聯繫上下文來看，都是具有積極色彩的，「説得好」、「看得好」，無疑都是好事。

2、被字句的非被動色彩

《朱子語類》中，被字句一般都具有被動色彩，只有極少數的並不表示被動，無被動色彩。這類具有非被動色彩的被字句，或者「被」字後不是敘述，而是描寫；或者雖是敘述，但動詞不是及物動詞，而是不及物動詞，如：

> 本朝韓范張魏公諸人，他只是一個秀才，於這般事也不大段會，只是被他忠義正當，故做得恁地。3189

> 大抵孟子説話，也間或有些子不睹是處，只被他才高，當時無人抵得他。72

> 兼他自立得門庭又高，人既未必信他；又被他門庭高，人亦一向不來。3339

> 邵康節看這人須極會處置事，被他神閒氣定，不動聲氣，須處置得精明。2543

> 小人徇人欲，只管被它墜下去，只見沉了，如人墜水相似。1131～1132

> 後來被那僧死了，遂無問處，竟休了。3293

> 被他靜極了，看得天下之事理精明。3543

前四例的「被」字後面是描寫句，謂語為「忠義正當」、「才高」、「門庭高」、

「神閒氣定，不動聲氣」。第五例和第六例的「墜」與「死」都是不及物動詞。第七例的「靜」是形容詞。這些句子都無法形成被動（因被動句的動詞必須爲及物動詞），只能認爲以被字句的形式表示非被動色彩的內容。這類句子中的「被」，當然不能認爲是引進施事者的表示被動的介詞。

對這類被字句該如何解釋？細觀各句，我們發現，除第六例外，其他各句均屬因果複句，「被」用於複句的第一小句，表示引起結果（後一小句）的原因。第一例最明顯，後一小句用了結果連詞，形成「只是被……，故……」句式，表示了「做得恁地」的原因是「他忠義正當」。其他各例均可作如是解釋。第二例「無人抵得他」的原因是「他才高」；第三例「人亦一向不來」的原因是「他門庭高」；第四例「處置得精明」的原因是「他神閒氣定，不動聲氣」；第六例的「無問處，竟休了」是由於「那僧死了」；第七例「看得天下之事理精明」也是由於「他靜極了」。這些，我們完全有理由認爲，此類句子的「被」是引進原因的連詞。

至於第五例，「被」後的「它」並非「墜下去」的發出者（發出者是「小人」），而是「墜下去」的原因。它只表示一個單句內的因果關係，而不是表示一個複句內兩個小句之間的因果關係。這樣的「被」只能是引進原因的介詞，不是連詞。

因此，《朱子語類》中具有非被動色彩的被字句，不表被動，只表原因，「被」是引進原因的連詞或介詞。

《朱子語類》後兩百年的《水滸傳》中，也有這種不表被動的被字句。香阪順一先生在《水滸詞匯研究》的3.12.3「『被』的破格用法」中已經論及。植田均先生更把它作爲「被」的特殊用法專門進行了詳細的論述，認爲這類「被」只是表示「原因‧理由」。這是很有道理的。這說明《朱子語類》中具有非被動色彩的被字句，在明代仍在使用。不過，這類被字句終因它的「破格」與「特殊」，於交際無益而甚至有損，以後便逐步消失，現代漢語則完全不使用。

綜觀前述，總的印象是：《朱子語類》的被字句中，無關係語句、單音節關係語、孤獨動詞、「被……所」句等的出現頻率較大幅度的降低了，關係語句、複音節關係語、動詞前的狀語、動詞後的補語、助詞等的出現頻率較大幅度的提高了，關係語、狀語、賓語、補語、助詞等的種類與表達手段越來越多樣、

靈活了。這樣就使得被字句的容量越來越大，也使得以動詞爲中心的句子前後兩部分越來越趨向平衡，因而也就越來越適應了人們使用近代漢語進行表達交際的需要。這些都可以說明：從南唐《祖堂集》到南宋《朱子語類》的三百年間，被字句向前大大地發展了，它已經進入了近代漢語的相當成熟階段，也可以說，也已經基本上形成了現代漢語被字句的基礎。此後元、明、清的兩個三百年，被字句雖然繼續向前發展，但其幅度終究不及南唐至南宋的三百年。

附：其他被動句

一、爲字句

《朱子語類》中，爲字句共有 69 例。

1、為字句都帶有關係語

關係語基本上（92.8%）都是單詞，以名詞爲主（82.8%），少數（17.2%）爲代詞。如：

> 反爲人取笑。2798
>
> 畿內疆土皆爲世臣據襲。3209
>
> 必反爲它動也。344
>
> 他亦不爲吾用矣。604

詞組作關係語的極少；只占關係語總數的 7.2%，如：

> 所思量事忽被別思量勾引將去。2849

2、為字句有孤獨動詞（30 例）

動詞單音節和雙音節都有，並且數量大致相當。如：

> 禮樂不爲之用也，是不爲我使，我使他不得。605～606
>
> 易爲外物侵奪。2772

3、動詞前帶狀語（4 例）

> 以故爲人枉解。3002
>
> 晉書比爲許敬宗胡亂寫入小說。3204

4、動詞帶賓語（4 例）

> 只是日間生底，爲物欲梏之，隨手又耗散了。1397

若内交、要譽、惡其聲之類一毫萌焉，則爲私欲蔽其心矣。1282

便道我從某人處講論，一向胡説，反爲人取笑。2798（「取笑」

爲習慣詞組）

5、動詞帶補語（9 例）

而先生舊亦不曾爲學者説破。1496

又卻爲人欲引去。2875

6、動詞後跟助詞（13 例）

助詞有「了」、「將」、「也」，如：

試官爲某説動了。2620

乃是爲他截斷了也。1108

所思量事忽爲別思量勾引將去。2849

7、否定式（10 例）

「不」全在「爲」字之前，如：

若是處多，不是處少，便不爲外物侵奪。2772

若人見得道理分明，便不爲利祿動。591

以上述幾點看，《朱子語類》中的爲字句基本上用於文言文，是古語詞，但也受了一些口語的影響（如助詞、補語等）。

二、「爲……所」句

「爲……所」句是《朱子語類》中使用得很多的一種被動句，共有 232 例，僅次於被字句，遠遠超過爲字句。

1、「爲……所」句可以不出現關係語，共有 17 例，如：

須看得一書徹了，才再看一書，若雜然並進，卻反爲所困。166

且如當時郡守懲治宦官之親黨，雖前者已爲所治，而來者復蹈

其迹。923

第一例未出現的關係語無法説出。第二例省去的關係語是前一小句的主語「郡守」。

2、關係語的構成，大致與被字句相同。基本上（76.7%）是單詞，少數（23.3%）爲詞組。

單詞關係語中名詞占 81.6%，代詞占 18.4%，如：

> 若三家村中推一個人作頭首，也是爲人所比。1753

> 便爲宋所滅。1329

> 爲樓大防所繳。2660

> 少頃便爲事物所奪。1395

> 何況卻把許多老大去爲他所制。3152

> 才繫於物，心便爲其所動。348

詞組關係語主要（83.5%）爲偏正詞組，其他則爲並列詞組與同位詞組，如：

> 視不爲惡色所蔽爲明，聽不爲姦人所欺爲聰。2032

> 謂當時或爲匡人所殺。957

> 但爲己私所隔，故多空虛處了。1698

> 其乳母抱之走，爲一將官所得。3292

> 秦亦爲齊晉所軋。3215

> 二五本是同心，而爲三四所隔。1765

> 豈不爲他荊公所笑。3109

就關係語的音節而言，「爲……所」句以雙音節爲主（70.3%），單音節爲次（29.7%）。這正與爲字句相反。

3、「爲……所」句既然有「所」字，自然不會有孤獨動詞。

4、動詞前沒有狀語。

5、動詞帶賓語的只有 1 例，占 0.4%。

> 到末劫人皆小，先爲火所燒成灰，又爲風所吹，又爲水所淹。
>
> 3025

6、動詞帶補語的有 4 例，占 1.7%。如：

> 所有珍寶悉爲人所盜去。3005

> 周先生是見世間愚輩爲外物所搖動。2410

7、動詞帶助詞的有 8 例，助詞均爲「了」，如：

> 此心多爲物欲所陷了。307

8、各種被動句中，「爲……所」句中否定形式所佔的比重最大，爲 12.5%（29 例），是全書所有被動句否定形式總數的 44.3%。否定詞大多數用「不」，個別用「勿」，都只在「爲」字前面，如：

> 不爲他事所亂。373

> 勿爲事物所動。2181

9、「爲……所」句還可以擴展爲「爲……所……，所……」句。這種擴展句有個明顯的特點：兩個關係語的音節相同，或者都是單音節，或者都是雙音節。如：

> 學者爲氣所勝，習所奪。2845

> 未必不爲威武所屈，貧賤所移。1251

從上面可以看出，「爲……所」句是《朱子語類》中文言部分的主要被動句形式；同樣，它也無法保持其古代漢語的「純潔」，不少方面都爲口語所影響。

三、吃字句

《朱子語類》中，也有吃字句（「吃」都寫作「喫」，今簡化），如：

> 免不得略遮庇，只管吃人議論。2573

> 不薦自是好，然於心終不忘，便是吃他取奉意思不過。240

> 今人奔走而來，偶吃一跌，其氣必逆而心不定。1240

吃字句是一種新起的被動句，《朱子語類》中還用得極少，僅有 7 例。在《水滸傳》中已有很大的發展。據植田均先生統計，《水滸傳》中有吃（包括「喫」）字句 104 例，占被動句總數的 14%，相當於被字句總數（688 例）的 15.1%（《朱子語類》中僅爲 1.2%），此外還有同一類型的乞字句 11 例；同時《水滸傳》中，和被字句一樣，吃字句也出現了具有非被動色彩的特殊用法。可以說，此時的吃字句已發展到了高峰。此後《金瓶梅》、《西遊記》中也仍然較多地使用吃字句，但到清代，吃字句即急劇衰退，到現代漢語已經絕跡（僅存於某些方言之中）。

四、蒙字句

一般人還沒有充分注意到蒙字句的被動性質，太田辰夫先生注意了這一點，並把蒙字句正式列入了被動句。筆者也曾就《水滸全傳》的情況，對蒙字

句的被動性質作了專門的考察與論述，我們認為，蒙字句有資格作為整個被動句系統中的一員。

《朱子語類》中，蒙字句出現極少，僅有 11 例。它全是表示動詞對主語來說是有幸、愉快的事，可以說是一種積極的被動句。如：

> 嘗見之，亦蒙教誨。2956
>
> 到此正兩月，蒙先生教誨，不一而足。1538
>
> 德輝尤蒙特顧。3141
>
> 夜來蒙舉藥方為喻，退而深思，因悟致知、格物之旨。408
>
> 今日得蒙點破。2862

蒙字句基本上是使用於文言場合，但從句子中能出現狀語、補語這些方面看，蒙字句也因受口語的影響而帶有一些白話色彩。

五、於字句　見字句　「見……於」句

《朱子語類》中，於字句、見字句、「見……於」句共出現 34 例。這三種是典型的古代漢語被動句形式，只用於文言部分，無須多述，各舉一例如下。

> 不惑是謂不惑於事物，知命謂知其理之當然。552
>
> 被強見迫，恐未穩。839
>
> 如見毀於叔孫，幾害於恒魋，皆「慍于群小」也。1460

參考文獻

1. 王力著：《漢語史稿》，中華書局，1980 年。
2. 呂叔湘主編：《現代漢語八百詞》，商務印書館，1981 年。
3. 香阪順一著：《「水滸」語彙の研究》，光生館，1987 年。
4. 太田辰夫著，蔣紹愚、徐昌華譯：《中國語歷史文法》，北京大學出版社，1987 年。
5. 袁賓：《「祖堂集」被字句研究》《中國語文》1989 年第 1 期。
6. 植田均：《「水滸伝」にみえる『受動』について》，《奈良產業大學紀要》第 1 集 1985 年。
7. 李思明：《「水滸」中的積極被動句——蒙字句》，《安慶師院學報》1990 年第 1 期。

（原載日本《中國語研究》第 33 號，1991 年）

《朱子語類》中單獨作謂語的能可性「得」

　　《朱子語類》是 1270 年（南宋度宗咸淳六年）由黎靖德編輯出版的，它綜合了九十七家所記載的朱熹語錄。全書凡一百四十卷，共二百三十萬字。通書夾文夾白，其中白話部分爲我們研究宋代口語提供了極爲寶貴的言語資料。

　　《朱子語類》中，表示能可的「得」，大量單獨作謂語（下文均將此類「得」簡稱爲「獨用『得』」，並包括其否定形式「不得」），全書共出現 1200 餘次。這是唐宋時期特有的語言現象。本文主要介紹該書獨用「得」的使用情況，分析它的詞性，比較它與助詞「得」的區別，最後簡述其歷史發展。

　　本文依據的言語資料是中華書局 1986 年第 1 版的《朱子語類》（下文均簡稱《朱》），例句後的數字表示出自該書的頁碼。

一、獨用「得」的使用情況

　　《朱》中，獨用「得」一般都作複句中正句的謂語。複句有如下幾種。

（一）條件複句

　　此類複句的特點是：正句「得」的前面必定有關聯詞，偏句也幾乎全部有關聯詞。由於偏句所表示的條件不一，正句及偏句的關聯詞也有所不同。

　　1、偏句表示必要條件的複句，正句的關聯詞主要是「始」與「方」，個別

為「方始」，偏句的關聯詞主要是「須（是）」，少數為「必（須）」、「著」、「須著」、「要」、「要須」、「當」、「只（是）」、「除非」等。如：

如攻寨，須出萬死一生之計，攻破了關限，始得。2924

大抵為學，雖有聰明之資，必須做遲鈍工夫，始得。136

人若用之，又著順它性，始得。2454

蓋有命焉，須著它於定分不敢少過，始得。1463

要須整頓精神，硬若脊骨與他做將去，始得。2373

自家只借他言語就身上推究，始得。181

孟子文義自分曉，只是熟讀，教他道理常在目前胸中流傳，始得。1414

若要做見幾而揀，除非就本文添一兩字，始得。704

譬如吃果子一般，先去其皮殼，然後食其肉，又更和那中間核子都咬破，始得。415

————以上是正句關聯詞「始」例

須是「人一能之，己百之；人十能之，己千之」，方得。2425

敏底事，又卻要做那鈍底工夫，方得。2800

此城之下，上流之水湍急，必渡得此水上這岸，方得。3255

聖人正是說聽訟我也無異於人，當使其無訟可聽，方得。322

某嘗謂，說易如水上打球，這頭打來，那頭打去，都不惹著水，方得。1868

————以上是正句關聯詞「方」例

須是先致知、格物，方始得。301

————以上是正句關聯詞「方始」例

2、偏句表示充足條件的複句，正句的關聯詞為「便」，偏句的關聯詞為「只」、「要」、「須是」等，如：

今學者看文字，不必自立說，只記得前賢諸家說，便得。2920

這個要人自稱量，便得。707

人教之以如何做，如何做，既聽得了，須是在做這扇，便得。

2861

3、偏句表示「無條件」的複句，正句的關聯詞爲「都」，偏句的關聯詞爲「便」，如：

便橫說豎說都得。2084

全書 550 多個此類條件複句中，第 1 小類約占 96%，第 2、3 兩小類僅約占 4%。

條件複句有一部分爲簡縮句，如：

識得行程，須更行始得。250

今入宗廟方及見之，亦須問方得。623

學者欲見工夫處，但看孟子便得。290

這些簡縮句，由於正句和偏句都有關聯詞（「須……始……」、「須……方……」、「但……便……」），識別時並無困難。

（二）假設複句

獨用「得」用於假設複句，本書有 610 餘次。與上述條件複句不同的是，假設複句不是非用關聯詞不可：正句中多數用「也」、「亦」、「便」、「則」等；偏句中一部分用「若（是）」、「要」、「欲」等，一部分不用。如：

若一等閒思慮，亦不得。719

然要省狀，也不得。2648

今若先去尋個疑，便不得。186

今欲去犬牛身上全討仁義，便不得。1376

說不善非是心，亦不得。92

如此說，也得；只說道自能如此，也得。1590

謂舉國不從，而三子內一個動，便得。1136

只是便把光做燈，不得。2484

假設複句有大量的簡縮句，如：

凡看文字，要急切亦不得。1601

故說心亦得。1288

怎地看也得。1299

且如天晴幾日後，無雨便不得。1735

怎地說不得。411

假設複句的簡縮句中，有相當一部分是兩個或多個「得」連用。由於連用的是正反或相關的並列，幾句合起來表示在任何條件下都是如此，總的是個條件複句；但就每一個分句來說，卻是假設複句的簡縮句。如：

性最難說，要說同亦得，要說異亦得。58

若聞道，生也得，死也得。662

蓋爲樂有節湊，學他底急也不得，慢也不得。2222

怎地也得，不怎地也得。2471

陰陽做一個看亦得，做兩個看亦得。1602

如坐，交脛坐也得，疊足坐也得，邪坐也得，正坐也得。3021

（三）讓步複句

使用獨用「得」的讓步複句極少，全書僅 20 餘例。此類複句偏句多數有關聯詞「便」、「雖」，正句則均有關聯詞「也」、「亦」。幾乎都是簡縮句，如：

不惟說不可專治，便略去理會也不得。586

當遷去，雖盡去亦得。2667

這般詩，一日作一百首也得。3330

（四）其他複句

此類複句更少，全書不到 10 例。如：

自祖宗以來，名相如李文靖、王文正諸公，只怎地善，亦不得。3086

如策，若是著定論些時務，也尚得，今卻只是虛說，說得好底，剗地不得。867

如近時作高宗實錄，卻是教人管一條，這也不得。2665

卻云不是這個不直，別有個不直，此卻不得。812

這種複句與前三種複句不同，「得」是對現有之事進行評價。後三例正句有主語「剗地」、「這」、「此」，這些指示代詞都是復指前面偏句的內容。

總起來說，《朱》中獨用「得」在使用方面，有如下幾個明顯的特點。

a、幾乎全部用於複句的正句，其中主要是條件複句（45.9%）和假設複句（50.8%），讓步複句和其他複句都極少（一共只占 3.3%）。

b、這種複句的正句，幾乎全部都沒有主語，只有極個別的是用代詞作主語。

c、大多數（63.8%）的獨用「得」前面有關聯詞或其他副詞（有其他副詞的例子下面將要提及）。

二、獨用「得」的詞性

《朱》中的這種獨用「得」，自然不是助詞（下面第三部分要專門論及）。那麼，該把它看作什麼詞呢？是形容詞，還是助動詞？

前面所列的各類複句中的獨用「得」，在現代漢語中，可以用「行」，也可以用「可（可以）」。現在我們來看看獨用「得」跟「行」和「可」哪一個更接近。

現代漢語中表能可的「行」，只起評述作用，作謂語，可以認為是形容詞（見《現代漢語八百詞》）；當然，它與一般的形容詞也不完全相同，不能作定語，不妨看作比較特殊的形容詞。如果僅就起評述作用而言，《朱》中的獨用「得」與今天的「行」相同，將此類「得」看作比較特殊的形容詞，也未嘗不可以。

但是，如果我們全面考察表能可的「得」的歷史發展及在《朱》中的現狀，就會發現它與今天的「行」又有所不同。表能可的「得」在古代漢語中一直作助動詞，修飾動詞，充當狀語；即使在宋代的《朱》中，「得」在大量獨用作謂語的同時，仍然保留了（當然已為數極少）作狀語的用法，如：

又如門限然，在外者不得入，在內者不得出。1853

在法，做兩任知縣，有關升狀，方得做通判；兩任通判，有關升狀，方得做知州；兩任知州，有關升狀，方得為提刑。3070

若看文字，須是他平正；又須決洽無虧欠，方得好。726

這些例子（特別是後兩例，句式與用獨用「得」的相同，都是複句）說明，此類「得」與獨用「得」詞匯意義相同（都表示能可），只是前者起修飾作用，作狀語；後者起評述作用，作謂語。而現代漢語表能可的「行」，前面已經說過，僅僅起評述作用，這點，它和《朱》中的「得」差別很大。因此，如果孤立地從起評述作用這一點來確定獨用「得」與「行」一樣，爲形容詞，仍欠確切。

再來比較一下「得」與「可」。誠然，《朱》中獨用「得」在現代漢語中也可以用「可（可以）」，但一般只用於肯定式；而否定式則多用「不能」，很少用「不可」或「不可以」。就這點而言，現代漢語的「可（可以）」略遜於「行」。但「可（可以）」也可以放在動詞前面作狀語，這點又和《朱》中的「得」相同。特別是從「可」的歷史發展及在《朱》中的現狀來看，「可」與「得」更爲相近。

「可」在古代漢語中，既可以作狀語，起修飾作用，又可以作謂語，起評述作用，直到宋代的《朱》中仍然如此。先看「可」在《朱》中作謂語的例子：

> 若不見得入頭處，緊也不可，慢也不得。132
>
> 欲吞不可，欲吐不得，其苦不可言！2656
>
> 且須於行處驚省，須是戰戰兢兢，方可。若悠悠泛泛地過，則又不可。222
>
> 今須復行夏商之質，乃可。2178
>
> 當云「修亡自好」，可也。793
>
> 不爲亦可，爲之亦可。133
>
> 若道眞有個文王上上下下，則不可。若道詩人只亂恁地説，也不可。2127
>
> 如思此一事，又別思一事，便不可。2467
>
> 非特特往來不可。2304

上面例子，獨用「可」都處於獨用「得」同樣的位置（各種複句都有），意義相同，作用也相同，特別是前兩例的「可」、「得」對用，更能說明問題。

再看《朱》中「可」作狀語的例子：

> 須且教讀書，漸漸壓伏這個身心教定，方可與說。895

> 只觀文主「雝雝在宮，肅肅在廟，不顯亦臨，無射亦保」，便可見敬只是如此。217

> 試將楞嚴圓覺之類一觀，亦可粗見大意。2973

> 若曰偏議論、私意見，則可去。2972

> 某嘗謂，人之讀書，寧失之拙，不可失之巧；寧失之低，不可失之高。2949

應該指出，「可」的這種既可作狀語，也可單獨作謂語的情況，《朱》以後一直在延續，直至今日。

古代漢語、近代漢語和現代漢語中表能可的「可」，無論是作狀語的，還是單獨作謂語的，人們都把它看作助動詞（單獨作謂語的，看作助動詞的單獨使用），《現代漢語八百詞》也是這樣看待。

因此，結合古今，全面考察，既然《朱》中的「得」與現代漢語、近代漢語（包括《朱》在內）的「可」，在意義、用法等方面非常接近，「可」為助動詞，那獨用「得」（和作狀語的「得」一樣）也應看作助動詞比較合適。

三、獨用「得」與助詞「得」的辨別

《朱》中，表能可的「得」還大量用作助詞。使用獨用「得」的句子，由於缺乏主語，便容易形成「得」處於偏句動詞或動賓詞組之後的局面；而助詞「得」，總是置於動詞或動賓詞組之後。這樣，從表面看，兩種「得」似乎沒有什麼區別，而實際上兩者性質不同，作用也不一：獨用「得」充當謂語，助詞「得」則充當補語。正由於兩者表面位置相同而性質、作用有別，為準確理解句意，科學認識漢語規律，我們必須認真地對兩者加以辨別。

辨別獨用「得」與助詞「得」，可以根據兩類「得」不同的語法特點著手，具體來說，大致可以從如下幾個方面來判斷。

（一）「得」前有關聯詞或其他副詞的為獨用「得」，從上述可知，獨用「得」只用於複句中的正句，且大部分是前面有關聯詞，還有一部分是前面有其他副詞，如：

　　然去窮理，不持敬，又不得。151

　　若必指定謂聖人必恁地，固不得。557

　　今世以文取士，如義，若教它依經旨說些道理，尚得。687

　　後世禮服固未能猝變先王之舊，且得華夷稍有辨別，猶得。2327

　助詞「得」，則緊緊附在動詞或動賓詞組之後，中間是決不容許插入關聯詞語或其他副詞的；如需要使用時，關聯詞語或其他副詞也不能放在「得」之前，而只能放在動詞之前，如：

　　也做不得，大勢去矣！2722

　　若說道自家不合去穿窬，切望情恕，這卻著不得。426

　　此個道理，不惟一日離不得，雖一時間亦離不得，以至終食之頃亦離不得。325

　　這個，三歲孩兒也道得。349

　　如古人皆用竹簡，除非大段有力底人方做到。171

　　不活，則受用不得。178

　　且如以朱染紫，一染了便退不得。1181

　（二）偏句有「若」「要」一類的關聯詞，儘管正句沒有關聯詞或其他副詞，也是獨用「得」，如：

　　書是載那道理底，若死分不得。1906

　　若要一於動靜，不得。2780

　　譬如影便有形，要離那形說影，不得。1099

　（三）雙重否定的「不（非）……不……」式，是複句的簡縮形式，後段的「得」為獨用「得」，如：

　　且如今做太守，人皆以為不可使吏人批朱，某看來，不批不得。1098

　　只是見得自家規模自當如此，不如此不得。381

　　孔子言語簡，若欲得之，亦非用許多工夫不得。443

　　所謂實體，非就事物上見不得。288

（四）代詞「如此」、「恁地」等後的「得」為獨用「得」，因為這些代詞是代替前面的動詞、動賓詞組或句子，其後是不能跟助詞「得」的，如：

　　某舊見伊川說仁，令將聖賢所言仁處類聚看，看來恐如此不
　得。2424

　　曰：「也只就事上理會，將古人所說來商量，須教可行。」曰：
　「怕恁地不得。……」2758

（五）處置式中，動詞或動賓詞組後面的「得」為獨用「得」，因為處置式的「將（把）」字結構，要表示動作的能可性時，不是在動詞或動賓詞組之後加上助詞「得」，而是在「將（把）」之前加上表能可的助動詞，如：

　　看書，不可將自己見硬參入去。185

　　若能將聖賢言語來玩味，見得義理分曉。2746

（六）有表示方式一類的狀語修飾的動詞，其後一般不跟助詞「得」；如有「得」應為獨用「得」。如：

　　世間事，做一律看不得。740

　　這般事，就一邊看不得。2644

　　雖行敬，又須著信於民，只恁地守個敬不得。496

　　如此區處不得，恁地區處又不得。380

（七）動詞後跟時態助詞「著」、「了」，其後不再跟助詞「得」；如有「得」，則為獨用「得」。如：

　　恁地靠著他不得。110

　　看甚大事小事，都離了這個事不得。2421

（八）動詞帶有雙賓語時，其後不跟助詞「得」；如有「得」，則為獨用「得」。如：

　　割截身體，猶自不顧，如何卻謂之自私不得！1482

　　然不謂之命不得，只不是正命。1082

　　「仁者右也，義者左也」，道他不是，不得。2173

　　聖人雖有意，今亦不可知，卻妄為之說不得。2993

（九）從上下文類推，含有「得」的並列兩句，句式相同，其中一句「得」

明顯為獨用「得」，另一句的「得」也可能是獨用「得」。如：

> 然有教而無義不得，有義而無教亦不得。1741

> 只是說太極是一個物事，不得；說太極中便有陰陽，也不得。
>
> 2373

> 要如此學不得，要如彼學又不得。969

同樣，即使兩句都沒有關聯詞或其他副詞，也可類推，如：

> 語孟集注，添一字不得，減一字不得。437

> 後人便將來說此一章，卻前後不相通，接前不得，接後不得。
>
> 2950

根據上面九點，一般均可以區別獨用「得」與助詞「得」。至於極個別形式上不易分辨，據意義則兩者皆可，我們不妨放寬點，將「得」看作助詞，如：

> 大凡心不公底的人，讀書不得。180

> 後世雖養長徵兵，然有緩急，依舊徵發於民，終是離民兵不
>
> 得。2707

四

最後，簡述獨用「得」的歷史發展。

縱觀能可性「得」的發展，獨用「得」的興衰，只是歷史長河中的一節歧流。

在上古，能可性「得」幾乎只作狀語，極少單獨作謂語。如整部《十三經注疏》（中華書局，1980 年第 1 版），也只在《春秋左傳正義》和《孟子注疏》中各找到兩三例，如：

> 當是時也，禹八年於外，三過其門而不入，雖欲耕，得乎？
>
> （2705）

> 若殺不辜，將失其民，欲安，得乎？（1922）

> 句踐將生憂寡人，寡人死之不得矣。（2180）

這種「得」單獨作謂語的罕見現象，一直延續到唐代前期。

唐代後期，一些比較接近口語的作品中，獨用「得」便廣泛使用開來，如《祖堂集》（日本中文出版社，1972 年 12 月再版）中，就出現 170 多例，如：

雖然如此，須親近作家始得。（4.70）

待你自悟始得。（3.38～3.39）

與你剃頭即得；若是大事因緣，即不得。（4.81～4.82）

你若如此，投某出家則不得。（1.114）

與摩又不得，不與摩不又得。（5.50）

在大致反映宋代前期語言的《五燈會元》（中華書局，1984 年第 1 版）中，獨用「得」也有 280 多例，如：

須透過祖佛始得。（805）

須是老僧打你始得。（290）

不要你識洞山，但識得自己也得。（1115）

若然者，道有也得，道無也得，道非亦得，道是亦得。（708）

恁麼也不得，不恁麼也不得，恁麼不恁麼總不得。（893）

在南宋的《朱》中，獨用「得」已達 1200 多次，可以說到了鼎盛時期。此後，元、明、清作品中，卻又極難見到獨用「得」，在《金瓶梅》（齊魯書社，1987 年出版）中，只找到如下實為同一句話的兩例：

隨姐姐揀衫兒也得，裙兒也得。（529）

姐姐揀衫兒也得，裙兒也得。（535）

這些情況說明：能可性「得」在唐前期以前和元以後，都極少單獨作謂語，只是在唐代後期和宋代出現一股「獨用熱」。這在助動詞「得」的發展史上，確是一種晚興早衰的有趣現象。這種現象，很值得進一步作認真的研究。不過，聯想到唐以來出現大量的能可性助詞「得」，是否可以說，表能可的「得」，唐以來即已大規模由前（修飾動詞）往後移；或作助詞，一直延續到今天；或單獨作謂語。但由於後移的「得」（再加上其他表時態的助詞「得」）負擔過重，同時又敵不過同樣性質的「可」（從上古到明清均可大量單獨作謂語），因此，單獨作謂語的助動詞「得」便「很快」地消失。

（原載《安慶師範學院學報（社會科學版）》1993 年第 2 期）